Wolfgang und Heike Hohlbein sind die erfolgreichsten und meistgelesenen Fantasyautoren im deutschsprachigen Raum. Seit ihrem Überraschungserfolg »Märchenmond« konnte sich die wachsende Fangemeinde auf zahlreiche weitere spannende Bestseller freuen. Ein besonderes Anliegen ist den Autoren die Nachwuchsförderung, wie z. B. die Verleihung des Hohlbein-Preises in Zusammenarbeit mit dem Verlag Ueberreuter.

Katharina Grossmann-Hensel wurde 1973 geboren, lebt heute als freie Illustratorin in Hamburg und arbeitet für verschiedene Verlage.

WOLFGANG UND HEIKE

HOHLBEIN

DRACHENTHAL

DIE ZAUBERKUGEL

UEBERREUTER

ISBN 3-8000-5032-3

Umschlag- und Innenillustrationen von Katharina Grossmann-Hensel
Umschlaggestaltung von Werkstatt · München / Weiss · Zembsch

Druck: Ueberreuter Print
1 3 5 7 6 4 2

Ueberreuter im Internet: www.ueberreuter.at
Wolfgang Hohlbein bei Ueberreuter im Internet: www.hohlbein.com

Hoher Besuch

Seit genau zwei Mondzyklen nahm Themistokles jetzt schon das nervenaufreibende Amt des Leiters einer Zauber-Universität wahr. Und jetzt hatte ausgerechnet Ffaffarrill, der König der Feuerdrachen, seinen Besuch auf Burg Drachenthal angekündigt! Nun war der Besuch eines Drachen – noch dazu auf einer Burg namens Drachenthal – an sich nichts Besonderes im Lande Märchenmond, der Welt, in der die Legenden Wirklichkeit sind und die Wirklichkeit zur Legende wird, dennoch sah Themistokles dem Zusammentreffen mit Ffaffarrill mit gemischten Gefühlen entgegen.

Ffaffarrill genoss einen gewissen Ruf und der war nicht unbedingt der beste. Er war nicht nur der König der Feuerdrachen und unbestrittener Herrscher über die Flammenberge, die sich weit im Osten erhoben und die kein Mensch jemals vollkommen erforscht hatte, sondern auch der größte und mächtigste Drache überhaupt; möglicherweise sogar mächtiger als Rangarig der Golddrache – obwohl das nur eine Vermutung war, denn die beiden waren sich wohlweislich Zeit ihres Lebens aus dem Weg gegangen. Ffaffarrills wilde Zeiten waren zweifellos schon seit hundert oder auch zweihundert Jahren vorbei – Drachen werden alt, wirklich *sehr* alt, doch selbst sie werden irgendwann ruhiger und (manchmal) weiser, aber ein Drache von Ffaffarrills Ruf mochte auch dann noch unangenehm sein, wenn er – für seine Verhältnisse – gelassener geworden war.

Themistokles glaubte nicht, dass ihm von Ffaffarrill wirkliche Gefahr drohte, aber er freute sich auch nicht gerade auf das bevorstehende Gespräch.

Doch welche Wahl hatte er schon? Themistokles war der mächtigste und weiseste Zauberer Märchenmonds, aber er war zugleich auch der Leiter von Drachenthal, und wenn ein besorgter Vater um ein Gespräch mit dem Lehrer seines einzigen Sohnes bat, dann musste dieser Lehrer seiner Bitte wohl oder übel nachkommen – sollte es sich bei dem Vater auch um den gewaltigsten Drachen handeln, den die Welt je gesehen hatte, und bei dem Sohn um den größten Rüpel, den Themistokles sich nur vorstellen konnte.

»Sssss…«, begann Scätterling und riss Themistokles damit nicht nur aus seinen trüben Gedanken, sondern entlockte ihm auch ein flüchtiges Lächeln. »S… s… s… soll iiiiiich iiiiihn a… a… a… abwimmmmmm… eln?«

Themistokles strich sich gedankenverloren über den langen weißen Bart und schüttelte dann den Kopf. »Ich weiß dein Angebot zu schätzen, aber ich fürchte, ich werde mich dieser Pflicht wohl stellen müssen«, seufzte er.

Die Elfe schlug mit den Flügeln und erhob sich taumelnd ein paar Handbreit über Themistokles' unordentlichem Schreibtisch in die Luft. »Da… dadada… da… dann s… s… solltet Ihr wwwww… wenigstens nicht allein g… g… g… gehen«, stieß sie mühsam hervor. »K… k… kjuub u… u… und iiiiich www… werden Euch b… b… begleiten. Nnnur f… f… falls e… e… e… er Ä… ä… ä… rger macht.«

Es fiel Themistokles schwer, ein Lächeln zu unterdrücken, aber zugleich empfand er auch ein warmes Gefühl von Dankbarkeit. Scätterling war etwas kleiner als seine Hand – wie die meisten Elfen – und nicht besonders klug – wie *alle* Elfen –, doch sie und Kjuub, der kleinwüchsige Zwerg, waren vielleicht die einzigen Freunde, die er hier hatte. Themistokles zweifelte nicht daran, dass Scätterling sich ohne zu zögern auf den gewaltigen Feuerdrachen stürzen würde, käme ihr auch nur der *Verdacht,* dass er ihm etwas Böses wollte.

»Ja«, sagte er lächelnd. »Geh und suche Kjuub. Ich werde unterdessen unseren Gast begrüßen.«

Scätterling pfiff ihr Einverständnis, wirbelte auf schimmernden Libellenflügeln herum und flog aus dem Fenster des kleinen Studierzimmers, das sich Themistokles im höchsten Turm der Burg eingerichtet hatte; allerdings nicht auf Anhieb, denn die Elfe hatte nicht nur ein leichtes Sprachproblem, sondern schielte auch stark und sah dementsprechend schlecht, was dazu führte, dass sie schon mal gegen das eine oder andere Hindernis flog. Es gelang ihr erst im dritten Anlauf, durch das Fenster zu fliegen.

Themistokles sah ihr noch einen Moment lang lächelnd hinterher, aber dann erhob er sich ebenfalls und verließ das Studierzimmer, um die lange, gewendelte Steintreppe in den Hof hinunterzugehen. Nein, er freute sich wirklich nicht auf das Gespräch mit Ffaffarrill, aber unangenehme Dinge hatten oft die noch unangenehmere Eigenart, schlimmer zu werden, je länger man sie vor sich herschob.

Als er den halben Weg nach unten zurückgelegt hatte, zitterten die steinernen Stufen unter seinen Füßen leicht und ein paar kleine Steinchen und jede Menge Staub und Mörtel lösten sich von der Decke und rieselten auf ihn herab. Themistokles zog den Kopf ein, ging aber ansonsten unbeeindruckt weiter. Als er vor zwei Monaten angekommen war, hatte er Drachenthal in einem denkbar schlechten Zustand vorgefunden. Mittlerweile hatte er eine Menge Zeit und noch mehr Zauberkraft dafür aufgewendet, wenigstens die schlimmsten Schäden zu beheben, die ein Jahrhundert sorglosen Umgangs dem Gemäuer zugefügt hatte, doch selbst den Kräften eines Zauberers waren Grenzen gesetzt. Die Burg war eine Ruine und würde es auch noch für lange Zeit bleiben. Im Moment war er schon froh, wenn ihm nicht das Dach auf den Kopf fiel, sobald er die Tür zu heftig hinter sich zuschlug.

Er verscheuchte den Gedanken und beschleunigte seine Schritte, bis er das Tor erreicht und den Burghof verlassen hatte. Der Grund für das, was man gerade für ein kleines Erdbeben hätte halten können, saß vielleicht hundert Schritte von ihm entfernt im Gras und sah ihm aus Augen entgegen, von denen jedes größer als sein Kopf war. Ffaffarrill musste wohl um den bejammernswerten Zustand der Burg wissen und hatte es deshalb vorgezogen, in einem gehörigen Sicherheitsabstand zu landen, um die morschen Wände nicht durch eine unvorsichtige Bewegung zum Einsturz zu bringen.

Mit jedem Schritt, den sich Themistokles dem riesigen Feuerdrachen näherte, wurde er etwas langsamer. Noch bevor er gänzlich bei ihm angelangt war, straffte er mit einer energischen Geste die Schultern und verwandelte sich damit in den würdevollen, weisen alten Meistermagier, als der er überall auf Märchenmond bekannt war. Als Ffaffarrill sich ihm zuwandte und nicht nur der Boden spürbar erzitterte, war es allerdings mit seiner aufgesetzten Gelassenheit vorbei: Wenig würdevoll und vor allem deutlich sichtbar fuhr er zusammen. Das war ihm ganz besonders deswegen peinlich, weil er jetzt im Schatten des riesigen Drachen eine sehr viel kleinere, ansonsten aber erstaunlich exakte Kopie des roten Feuerdrachen entdeckte: Feuer, der größte Rabauke der Schule und offensichtlich der Grund, warum sich Ffaffarrill hierher bemüht hatte.

»Meister Themistokles«, begann Ffaffarrill das Gespräch. »Es ist lange her, dass wir uns gesehen haben.«

Themistokles konnte sich nicht erinnern, Ffaffarrill überhaupt schon einmal persönlich getroffen zu haben, aber das behielt er vorsichtshalber für sich. Auch er war in

die Jahre gekommen, genau wie die Burg, in der er lebte, und mit seinem Gedächtnis stand es nicht mehr zum Besten.

»Umso mehr freut es mich, dass Ihr den weiten Weg von den Feuerbergen hierher auf Euch genommen habt, edler Ffaffarrill«, antwortete er. »Und was verschafft mir die Ehre Eures Besuchs?«

Ffaffarrill seufzte. Es klang wie das Heulen eines fernen Sturms. »Ich glaube, das wisst Ihr sehr gut, Meister Themistokles. Es geht um meinen Sohn. Meinen *einzigen* Sohn, wie ich betonen muss.« Er drehte den mächtigen Schädel und bedachte die viel kleinere Kopie seiner selbst mit einem undeutbaren Blick, unter dem Feuer aber noch ein bisschen weiter zusammenzuschrumpfen schien. Bildete es sich Themistokles nur ein oder war da ein drohender Unterton in seiner Stimme?

»Nun, edler Ffaffarrill ...« Themistokles räusperte sich unbehaglich. »Es ist wahr, dass Euer Sohn äh ... ein wenig wild ist.«

»Das ist doch vollkommen übertrieben!«, giftete Feuer. Ffaffarrills Sohn hatte – wie es bei magischen Wesen üblich war – noch keinen eigenen Namen, sondern wurde nach dem Element benannt, über das er gebieten würde, wenn er seine magischen Kräfte erst einmal richtig beherrschte. Themistokles war allerdings nicht der Einzige, der der Meinung war, der junge Drache müsse eigentlich *Gemeinheit* heißen, wenn es nach dieser Regel ging.

»Meine Freunde und ich haben nur Spaß gemacht«, fuhr

Feuer fort. »Es war ganz harmlos, aber dieser alte Knacker …«

»Schweig!«, donnerte Ffaffarrill. »Kein Wort mehr!«

Feuer machte einen erschrockenen Satz zurück. »Aber …«

»Still jetzt, habe ich gesagt!« Ffaffarrills Grollen ließ den Boden erzittern und Feuer fiel regelrecht in sich zusammen und wagte es nicht, auch nur noch ein weiteres Wort zu sagen.

»Es tut mir Leid, Meister Themistokles«, fuhr Ffaffarrill fort, nun wieder an Themistokles gewandt und in deutlich ruhigerem Ton. »Mir ist zu Ohren gekommen, wie sich mein Sohn und seine Freunde danebenbenommen haben. Ich kann mich nur in aller Form bei Euch entschuldigen, und Euch auch im Namen meines Sohnes versichern, dass sich ein derart unerfreulicher Zwischenfall nicht wiederholen wird – das ist doch so, nicht wahr, Feuer?«

Der letzte Satz galt seinem Sohn, der hastig nickte und sich zu versichern beeilte: »Natürlich, Vater. Es ist ja nur …«

»Seht Ihr«, wandte sich Ffaffarrill unbeeindruckt wieder an Themistokles. »Es tut ihm Leid. Gebt Eurem Herzen einen Stoß, Meister Themistokles. Wart Ihr nicht auch einmal jung und wild?« Er blinzelte Themistokles zu. »Genau wie ich?«

»Das ist richtig«, gestand Themistokles seufzend. »Aber es gibt da einen Unterschied. Euer Sohn …«

»Ist ein bisschen wilder als andere geraten, ich weiß«, fiel ihm der Drache ins Wort. »Ich will sein Verhalten nicht entschuldigen, doch ich meine, er hat seine Strafe gehabt und sollte nun eine Chance bekommen, sich zu bewähren. Überdies …«, Ffaffarrills Stimme wurde ein ganz kleines bisschen tadelnd, »… ist es vielleicht ein wenig zu hart, ihm und seinen Freunden gleich die Zauberkräfte zu nehmen.«

Themistokles schüttelte beharrlich den Kopf. »Es ist ganz natürlich, dass Ihr Euch für Euren Sohn einsetzt, edler Ffaffarrill. Doch selbst wenn ich es wollte, könnte ich meinen Fluch nicht so einfach rückgängig machen …«

»Oh, das ist kein Problem.« Ffaffarrill blinzelte. »Schon erledigt.«

»Aber …« Themistokles sah verwirrt von Ffaffarrill zu Feuer und wieder zurück. Feuer wirkte mindestens genauso verwirrt wie er selbst und guckte entsprechend dumm aus der Wäsche, aber Themistokles spürte auch, dass sich etwas verändert hatte. Ffaffarrill hatte den Bann, den er über Feuer verhängt hatte, mit einem beiläufigen Blinzeln aufgehoben – und dabei hatte es sich um den stärksten Zauberbann gehandelt, den Themistokles zustande brachte. Feuer war in diesem Moment nicht nur klug genug zu schweigen, sondern sich auch unauffällig hinter den gewaltigen schuppigen Schweif seines Vaters zurückzuziehen, doch Themistokles konnte regelrecht spüren, wie der junge Drache wieder Oberwasser gewann. Ffaffarrill hatte dem jungen Rabauken keinen Gefallen getan …

Als hätte er seine Gedanken gelesen, sagte Ffaffarrill in diesem Moment: »Ich weiß, Ihr seid der Meinung, ich hätte das nicht tun sollen, Meister Themistokles. Aber er ist nun einmal mein Sohn.«

»Aber er ist nun einmal ... äh ... ein wenig unbedacht«, erwiderte Themistokles vorsichtig. »Und auch wenn er sie noch lange nicht richtig beherrscht, so verfügt er doch über die gleichen Kräfte wie Ihr.«

»Und Ihr fürchtet, er würde Schaden damit anrichten«, seufzte Ffaffarrill.

»Ich fürchte, Euer Sohn braucht eine feste Hand«, beharrte Themistokles.

Ffaffarrill lachte grollend. »Wohl formuliert, Meister Themistokles, aber ich kenne meinen Sohn. Ihr braucht kein Blatt vor den Mund zu nehmen. Ich bin nicht hier, um Feuer vor Euch in Schutz zu nehmen oder ihn gar zu verteidigen. Ganz im Gegenteil.«

Sein Schweif zuckte. Feuer, der weiterhin versucht hatte, unauffällig im Hintergrund zu bleiben, machte eine erschrockene Bewegung, aber er war nicht schnell genug. Ffaffarrills Schwanz versetzte ihm einen Klaps, der ihn von den Beinen riss, sodass er sich mehrmals überschlug und schließlich unmittelbar vor Themistokles liegen blieb. Mit einem benommenen Kopfschütteln richtete er sich auf und starrte abwechselnd seinen Vater und Themistokles an. »V... v... vater?«, stotterte er.

Ffaffarrill richtete sich zu seiner ganzen beeindruckenden Größe auf. »Ich werde nun wieder gehen«, grollte er. »Aber ich rate dir, merke dir Folgendes gut: Ich habe dir einmal geholfen, weil ich der Meinung war, dass Meister

Themistokles dich zu hart bestraft hat, und weil du mein Sohn bist. Das wird kein zweites Mal geschehen! Du wirst tun, was Meister Themistokles von dir verlangt, und dich benehmen wie alle anderen Schüler auch. Hast du das verstanden?«

»Selbstverständlich, Vater«, versicherte Feuer hastig. Er duckte sich und saß da wie der sprichwörtliche geprügelte Hund.

»Das will ich hoffen!«, donnerte Ffaffarrill. »Denn wenn ich gezwungen sein sollte, noch einmal wiederzukommen, wirst du das bedauern! Habe ich mich deutlich genug ausgedrückt?«

»Sicher!«, antwortete Feuer rasch. »Ganz bestimmt. Ich ... ich werde gehorsam sein. Ich mache dir bestimmt keine Schande, Vater.«

»Das will ich hoffen«, sagte Ffaffarrill wieder. Dann wandte er sich an Themistokles. »Ich werde mich nun zurückziehen. Gehabt Euch wohl, Meister Themistokles!« Und damit breitete er die gewaltigen Schwingen aus, schwang sich hoch in die Luft und war mit wenigen kraftvollen Flügelschlägen verschwunden.

Themistokles zog den Kopf zwischen die Schultern und wartete, bis der künstliche Orkan abgeflaut war, den Ffaffarrills Schwingen entfesselt hatten. Dann drehte er sich um und ging langsam zur Burg zurück. Feuer folgte ihm in respektvollem Abstand und mit hängenden Schultern und Ohren. Er sah zumindest so aus, als hätte er sich die Warnung seines Vaters zu Herzen genommen, und für den

Moment mochte das vielleicht sogar stimmen, aber der alte Magier kannte den jungen Feuerdrachen gut genug, um zu wissen, dass es nicht so einfach werden würde.

Ganz und gar nicht.

Die elektronische Zauberkugel

»Es gibt eine Welt jenseits der Wirklichkeit, eine Welt, in der Legenden Realität sind und die Realität nur Legende ist. Ihr Name ist Märchenmond, und so wie die meisten Bewohner unserer Welt nichts davon ahnen, dass es eine Welt voller Kobolde, Elfen, Drachen und Einhörner gibt, ahnen die meisten Bewohner Märchenmonds nichts von der Existenz einer Realität, in der es weder Zauberei noch Fabelwesen oder sprechende Tiere gibt …«

Der Text hätte aus einem Märchenbuch stammen oder auch die Einleitung zu einem Fantasy-Roman sein können. Die Worte hätten auch aus dem Munde eines weißhaarigen Geschichtenerzählers kommen können, wie sie vor hunderten von Jahren mitten auf dem Marktplatz gesessen und uralte Legenden zum Besten gegeben hatten. Was den Effekt vielleicht ein wenig verdarb, war die Tatsache, dass die Worte weder in einem Buch aufgeschrieben standen noch mit der voll tönenden Stimme eines Geschichtenerzählers vorgetragen wurden, sondern sich das Ganze eher so anhörte, als würde eine Blechbüchse vergeblich versuchen wie ein Mensch zu klingen.

Genau genommen traf das auch zu – ungefähr wenigstens. Die schrille elektronische Stimme, die mit vollkommen unpassender Betonung die Geschichte des Landes Märchenmond und seiner Bewohner herunterplärrte, kam aus den Lautsprechern eines supermodernen Laptops, der in dem Durcheinander auf Tanjas Schreibtisch gar nicht zu sehen gewesen wäre, hätten sich auf dem LCD-Bildschirm in seinem aufgeklappten Deckel nicht verschnörkelte leuchtende Buchstaben im gleichen Rhythmus gejagt, in dem die Worte aus den Lautsprechern erklangen. Manchmal flackerte der Bildschirm auch, und unter den Worten schien etwas Gestalt annehmen zu wollen, was ein Drache, ein Einhorn oder irgendein anderes mythisches Fabelwesen sein konnte – oder auch nur eine elektronische Bildstörung.

»Einige wenige auf beiden Seiten aber wissen sehr wohl von der Existenz der anderen«, fuhr die schnarrende Computerstimme fort. *»Und so begab es sich, dass Peer Andermatt, der Prinz der stolzen Steppenreiter von Caivallon, eines Tages auf ein Mädchen aus der Welt der Menschen traf: Rebekka. Kaum hatte er sie gesehen, da entbrannte sein Herz in unstillbarer Liebe zu ihr und er tat alles, um den Abgrund zwischen den Welten zu überbrücken und zu ihr zu gelangen …«*

Was den Effekt vielleicht noch ein bisschen gründlicher störte, dachte Rebekka, war Tanja, die Besitzerin des sprechenden Computers, die mit offen stehendem Mund und ziemlich fassungslosem Gesichtsausdruck dasaß und den Laptop anstarrte, wobei sie ab und zu – ziemlich wahllos, wie es aussah – auf eine Taste drückte oder die Maus hin und her schob. Was den Computer nicht daran hinderte, mit misstönender, aber unerschütterlicher Stimme fortzufahren: *»Zu diesem Zweck bediente er sich eines magischen Spiegels, eines Werkzeuges von gewaltiger Zauberkraft, das die Türen zwischen den Wirklichkeiten öffnete und es ihm so ermöglichte, in die Welt der Menschen überzuwechseln und Rebekka wiederzusehen. Der Spiegel aber zerbrach, gerade als Peer Andermatt dahinter war, und seither ist der Prinz der Steppenreiter zwischen den Schatten gefangen.«*

»Das … das *gibt's* doch nicht!«, ächzte Tanja. Rebekkas Zimmergenossin und – einzige – Freundin hier im Internat sah so fassungslos aus, wie Rebekka sie noch nie zuvor erlebt hatte. Rebekka selbst konnte das nicht ganz verstehen. Für sie war Tanjas Laptop (wie alle anderen Computer der Welt übrigens auch) ein Buch mit sieben Siegeln. Es war nicht das erste Mal, dass sich der Rechner von selbst einschaltete und zu plappern begann – was war daran so komisch?

Tanja jedenfalls schien es höchst sonderbar zu finden, denn sie schüttelte immer heftiger den Kopf und hämmerte mittlerweile wie wild auf die Tastatur des Laptops ein. »Das … das ist doch völlig unmöglich!«, keuchte sie.

»Was?«, fragte Rebekka. Sie beugte sich vor, um über Tanjas Schulter hinweg einen Blick auf den Bildschirm zu werfen. Die Buchstaben begannen allmählich zu verblassen, aber darunter glaubte sie nun wirklich eine fantastische Märchenlandschaft zu erkennen, in der winzige Elfen zwischen bunten Blumen herumflogen und Einhörner durch einen verwunschenen Wald galoppierten.

»Das … das Ding *redet!*«, ächzte Tanja.

»Und?«, wunderte sich Rebekka. »Können das nicht alle Computer?«

»Pfff!«, machte Tanja. »Bei STAR TREK vielleicht! Hier und jetzt braucht man dafür ein spezielles Programm, das eingegebene Texte in gesprochene Worte umwandelt.«

»Und?«, fragte Rebekka.

»So ein Programm *habe* ich gar nicht auf meinem Computer!«, erwiderte Tanja heftig. Noch heftiger hämmerte sie mit allen zehn Fingern auf die Tastatur des Laptops ein, ohne dass sich irgendetwas änderte. Ganz im Gegenteil; der Computer plapperte fröhlich weiter: *»Nur wenn es* *gelingt, die Scherben des zerbrochenen Zauberspiegels wieder zusammenzusetzen, wird Peer Andermatt den Weg zurück aus den Schatten finden.«*

»Das ist völlig unmöglich«, sagte Tanja noch einmal und schüttelte so gründlich den Kopf, als reiche allein das aus, um das unmögliche Betragen ihres Computers ungeschehen zu machen.

»Vielleicht hat es irgendjemand aufgespielt, ohne dass du es gemerkt hast«, schlug Rebekka vor.

»Auf *meinen* Computer?« Allein die Art, wie Tanja die Frage aussprach, machte klar, für wie lächerlich sie diese Vermutung hielt. »Unmöglich! Und außerdem ist das nicht mal das Komischste.«

»Und was *ist* das Komischste?«, erkundigte sich Rebekka geduldig. Wenn Tanja anfing über ihren Computer zu reden, dann half erfahrungsgemäß nur noch Geduld.

»Das!«, sagte Tanja, beugte sich zur Seite und zog mit einem vollkommen übertriebenen Ruck den Stecker des Laptops aus der Steckdose.

»Die Scherben aber sind verschollen, und es obliegt einem Menschen aus der Welt der Sterblichen, sie wieder zu finden«, fuhr der Computer unbeeindruckt fort.

Rebekka blinzelte. »Das … das Ding hat doch eine Batterie, oder?«, fragte sie unsicher.

Tanja nickte heftig, hob den Laptop auf einer Seite an und nahm mit der anderen Hand die Batterie heraus. Der Monitor flackerte nicht einmal und der Computer verkündete mit scheppernder Stimme: *»Doch wer immer sich auf die Suche* *nach den Scherben des magischen Spiegels macht, sollte wissen, in welch große Gefahr er sich damit begibt …«*

»Das ist das Problem«, erklärte Tanja. Sie sah ziemlich unglücklich aus und sie klang auch so. »Kein Stromkabel. Keine Batterie. Der blöde Computer *kann* gar nicht mehr funktionieren.«

»Tut er aber«, antwortete Rebekka benommen.

»Eben!«, sagte Tanja. »Die Kiste kriegt *ü-ber-haupt* keinen Saft. Das spricht sämtlichen Naturgesetzen Hohn!«

Rebekka hörte kaum noch hin. Sie blickte weiter auf den Bildschirm, der sich allen Naturgesetzen zum Trotz nicht daran hindern ließ, weiterhin Bilder aus einer fantastischen Welt zu zeigen, und ihr Herz klopfte immer schneller. Sie trat näher und war nicht einmal überrascht, als sie auf dem Monitor das Abbild einer mit Zinnen und Türmchen versehenen Burg entdeckte, die in eine malerische Landschaft eingebettet lag. Weit im Hintergrund erkannte man die Schemen gewaltiger, schneebedeckter Berge, und auf halbem Wege dorthin glitzerte ein kristallklarer See im Licht einer Sonne, die viel heller war, als Rebekka es jemals gesehen hatte, ohne dabei allerdings auch nur im Mindesten zu blenden. Beiderseits der Burgmauern schob sich ein dichter Wald fast bis an die gewaltige Festung heran und auf der sanft ansteigenden Wiese davor tollte eine Herde winziger, schneeweißer Pferde. Nur dass diese Pferde – wenn man genauer hinsah – eher Ähnlichkeit mit *Einhörnern* hatten; ebenso wie die winzigen Punkte, die hoch über der Burg in der Luft kreisten, eigentlich nur auf den ersten Blick Vögel zu sein schienen.

Auf den zweiten erinnerten sie eher an Drachen …

Und je länger Rebekka hinsah, desto mehr solcher *Sonderbarkeiten* fielen ihr auf. Bei den allermeisten war es schwer, den Unterschied zu ihrer eigenen Welt in Worte zu fassen, aber er war da: Der Wald, der die Burg an drei Seiten einrahmte, war nicht *wirklich* ein Wald, wie Rebekka ihn kannte, so wenig wie die überall auf der Wiese üppig wuchernden Blumen irgendeiner Blume ähnelten, die man in einem botanischen Lehrbuch hätte finden können. Genau genommen sah nicht einmal diese Burg wie eine herkömmliche Burg aus – obwohl sie auf den ersten Blick ein perfektes Abbild Schloss Drachenthals zu sein schien, in dem sich Rebekka, Tanja und all die anderen Zöglinge des Internats in diesem Moment befanden. Sie wirkte viel eher wie eine der bizarren Festungsanlagen, die man in den Fantasy-Rollenspielen finden konnte, die Tanja so gerne auf ihrem Computer spielte. Aber Rebekka wusste es besser. Und als hätte sie ihre Gedanken gelesen, sprach Tanja genau das aus, was Rebekka trotz allem nicht in Worte zu fassen wagte.

»Das … das ist Märchenmond, nicht wahr?«, flüsterte sie. Ihre Stimme klang belegt und zitterte. »Das ist Drachenthal. Das … das andere Drachenthal.«

»Ja«, murmelte Rebekka. Sie war mindestens so fassungslos wie Tanja, aber wieder war es ihre Zimmergenossin, die in Worte kleidete, was Rebekka kaum zu denken wagte.

»Aber wie … wie kommt es in meinen Computer?«, krächzte sie.

»Ich habe nicht die geringste Ahnung«, antwortete Rebekka. Sie hätte noch mehr gesagt, wenn in diesem Moment nicht etwas geschehen wäre, das so unglaublich war, dass es Rebekka wortwörtlich die Sprache verschlug: Das Bild flackerte, fast als hätte sich Tanjas Computer überlegt, mit einiger Verzögerung nun doch noch den Geist aufzugeben. Statt jedoch zu verschwinden, wechselte das Bild nur und zeigte jetzt ein Motiv, das endgültig aus einem Märchenfilm zu stammen schien: eine hohe, aus behauenen Felssteinen gemauerte Kammer, an deren Wänden sich aus schweren Balken gezimmerte Regale entlangzogen. Uralte Bücher stapelten sich darauf, aber auch zahllose Pergamentrollen, die mit schweren Siegeln aus dunkelrotem Wachs versehen waren, kleine Lederbeutel und Flaschen, Töpfe und Tiegel – kurz, der Raum sah ganz genauso aus, wie man sich eine Zauberkammer vorstellte; oder das Labor eines mittelalterlichen Alchemisten.

Ganz genau das war es auch.

Hätte Rebekka noch irgendeinen Zweifel daran gehabt, *was* sie da sah, so wäre er spätestens in diesem Moment beseitigt gewesen, denn die Tür der Zauberkammer ging auf und ein uralter Mann kam herein, der ein schlichtes schwarzes Gewand trug. Sein mehr als schulterlanges, trotz seines Alters noch volles Haar war ebenso schlohweiß wie der lange Vollbart, und auf dem Haupt trug er einen Zauberhut, dessen Spitze umgeknickt war.

»Was …«, keuchte Tanja, »ist *das*?!«

»Das ist Themistokles«, antwortete Rebekka ungläubig.

»The… wer?«, machte Tanja.

»Themistokles«, wiederholte Rebekka, die noch immer völlig fassungslos auf den Bildschirm starrte. »Der oberste Zauberer von Märchenmond.«

Der Mann, den Rebekka als Themistokles bezeichnet hatte, kam mit schnellen Schritten näher, stutzte plötzlich, blieb stehen und starrte dann mit weit aufgerissenen Augen zu ihnen herüber. Es sah aus, als hätte sich der flache Bildschirm des Laptops in ein Fenster verwandelt, durch das man geradewegs in eine fremde Welt blicken konnte.

»Aber … aber wie ist denn das möglich?«, ächzte Tanja.

Rebekka hob nur wortlos die Schultern, aber der Vorrat an Unmöglichkeiten war ganz offensichtlich noch nicht erschöpft. Rebekka schwieg zwar, aber Themistokles beugte sich weiter vor, sodass sein Gesicht nunmehr den gesamten Bildschirm ausfüllte, und sagte: »Genau das frage ich mich auch.«

Jetzt konnte Rebekka einen kleinen erschrockenen Schrei nicht mehr ganz unterdrücken. Ungläubig schlug sie die Hand vor den Mund und starrte in das faltige Antlitz des Magiers. »Themistokles?«, keuchte sie.

»Rebekka?«, murmelte Themistokles und blinzelte.

»Hä?«, machte Tanja.

»Aber was … was machst … du denn … hier?«, stammelte Rebekka.

»Wie kommt ihr in meine Zauberkugel?«, fragte Themistokles streng.

»Was macht der Kerl in meinem Computer?«, empörte sich Tanja.

Themistokles runzelte die Stirn, sah nach rechts und links und beugte sich dabei noch weiter vor, sodass sich Rebekka nicht einmal mehr wirklich gewundert hätte, wenn sein Gesicht im nächsten Moment aus dem Computerbildschirm herausgewachsen wäre, um sich in der wirklichen Welt umzusehen. Das geschah natürlich nicht, aber Rebekka warf Tanja trotzdem einen raschen, warnenden Blick zu. Obwohl sie sehr genau wusste, wen sie vor sich hatte, war sie noch immer vollkommen perplex – und sie hatte nicht die geringste Ahnung, wie der große Zauberer Themistokles auf einen so respektlosen Ton reagieren würde …

»Computer?«, fragte Themistokles stirnrunzelnd. »Was soll das sein? Das Wort habe ich noch nie gehört. Wer hat euch gerufen? War jemand in meiner Kammer?«

»Zauberkugel?«, empörte sich Tanja. »Das ist ja wohl die Höhe! Hat dieses alte Schlossgespenst meinen Super-High-Tech-Rechner gerade als *Zauberkugel* bezeichnet?!«

Rebekka verdrehte innerlich die Augen, als sie sah, wie sich Themistokles' Gesicht nach dieser frechen Äußerung verdüsterte – auch wenn sie Tanja durchaus verstand. Sie selbst kannte sich mit Computern gerade gut genug aus, um sie einschalten zu können – manchmal –, aber sie wusste, wie stolz Tanja auf ihren Laptop war und wie empfindlich sie reagierte, wenn jemand ihr elektronisches Baby beleidigte. Auf der anderen Seite war Themistokles ein Magier und noch dazu vielleicht der mächtigste *Magier,* den es jemals gegeben hatte!

»Das ist doch vollkommen unmöglich«, murmelte sie.

»Tja, dasselbe würde ich auch sagen – wenn ich nicht gerade mit dir reden würde«, erwiderte Themistokles. Dann runzelte er die Stirn. »Hast du mich gerade ein altes Schlossgespenst genannt – oder war das jemand anderes?«

Rebekka warf Tanja einen fast beschwörenden Blick zu. »Das muss mir wohl rausgerutscht sein«, sagte sie hastig. »Entschuldigung.« Sie fühlte sich nicht besonders wohl dabei, Themistokles zu belügen, aber sie konnte sich auch nicht vorstellen, dass Themistokles besonders erbaut darüber gewesen wäre, wenn sie ihm gestanden hätte, dass sie einer Fremden von Märchenmond erzählt hatte – auch wenn sie Tanja hundertprozentig vertraute. Sie kannte das blonde Mädchen zwar erst so lange, wie sie im Drachenthal-Internat war, und damit nicht mehr als zwei Monate, doch das hatte nicht viel zu sagen. Sie waren sich auf Anhieb sympathisch gewesen, und da sie sich dasselbe Zimmer teilten, waren sie innerhalb kürzester Zeit dicke Freundinnen geworden. Wenn es jemanden auf der Welt gab, dem Rebekka vertraute, dann Tanja.

»Ich hätte schwören können, eine andere Stimme gehört zu haben«, meinte Themistokles. Er seufzte. »Also gut. Aber das ändert nichts an der Frage, wie du in meine Zauberkugel kommst.«

»Ich habe nicht die geringste Ahnung«, erwiderte Rebekka – was nicht nur der Wahrheit entsprach, sondern eine glatte Untertreibung war. Sie war noch immer vollkommen fassungslos. Zauberei und Computer, das ging für sie nun wirklich nicht zusammen!

Themistokles setzte zu einer Antwort an, doch bevor er etwas sagen konnte, sagte eine schnippische Stimme hinter Rebekka: »Dass du von überhaupt nichts eine Ahnung hast, ist mir schon lange klar. Aber seit wann bist du so ehrlich, das zuzugeben?«

Rebekka schrak so heftig zusammen, dass sie gegen den Schreibtisch stieß, was zur Folge hatte, dass ein Teil des sorgsam aufgestapelten Berges aus Büchern, Computerausdrucken, CDs, Fotografien, Schulheften und allem möglichen anderen Krempel, den Tanja darauf errichtet hatte, ins Rutschen geriet und sich in einer gewaltigen Lawine auf den Boden ergoss. Gleichzeitig drehte sie sich um und in ihren Schrecken mischte sich eine gehörige Portion Ärger, als sie Samantha erblickte. Samantha vom Thal, um genau zu sein. Um ganz genau zu sein: die einzige Tochter des Besitzers von Schloss Drachenthal und die unbeliebteste Schülerin hier in einer Person, darüber hinaus Rebekkas Todfeindin und der Albtraum von Fräulein Bienenstich, der Internatsleiterin.

»Was ... was willst du hier?«, fragte Rebekka stockend. Sie straffte die Schultern, überwand endlich ihren Schrecken und trat Samantha herausfordernd entgegen.

Aber Samantha wäre nicht Samantha gewesen, hätte sie

sich davon beeindrucken lassen. »Was treibt ihr denn da?«, fragte sie.

»Nichts«, antwortete Rebekka rasch. »Tanja hat ein paar Probleme mit ihrem Computer. Nichts Ernstes.«

»Probleme mit ihrem Computer?« Samantha machte einen weiteren Schritt auf sie zu, und Rebekka wäre nicht einmal mehr erstaunt gewesen, hätte sie sie kurzerhand beseite geschoben. So weit ging ihre Dreistigkeit dann doch nicht, aber sie stellte sich vor Rebekka auf die Zehenspitzen und versuchte, über ihre Schulter hinweg einen Blick auf den hochgeklappten LCD-Bildschirm des Laptops zu erhaschen. »Kann ich hel...« Der Rest ihrer Frage ging in einem überraschten Keuchen unter. Ihre Augen wurden groß. »Was ist denn *das?!*«

Rebekka drehte sich mit einem Ruck um und gab dann selbst einen überraschten Laut von sich, als sie auf den Monitor sah. Er zeigte immer noch Themistokles' Gesicht. »Nichts«, meinte sie rasch. »Das ist gar nichts.« Und wie um ihren Worten auch noch den letzten Rest von Glaubwürdigkeit zu nehmen, war sie mit einem einzigen Schritt beim Schreibtisch und klappte den Laptop so hastig zu, dass Tanja ihr einen vorwurfsvollen Blick zuwarf – vielleicht lag das aber auch daran, dass sie sich noch immer hilflos an ihrem geliebten Computer zu schaffen gemacht hatte und Rebekka ihr beinahe die Finger eingeklemmt hätte.

»Nichts?«, wiederholte Samantha. Sie deutete anklagend auf den Laptop. »Verarsch mich nicht! Das ist doch Themistokles!«

»Unsinn«, antwortete Rebekka. »Das … das gehört zu Tanjas Spielen.«

»Was für ein Quatsch«, behauptete Samantha. Ihre Augen blitzten kampflustig und unter dem zugeklappten Deckel des Computers drang plötzlich Themistokles' gedämpfte Stimme hervor: »Rebekka? Was ist denn los? Ich sehe nichts mehr. Nur noch verschwommene Buchstaben und Zahlen. Und ein paar Zeichen, die ich nicht kenne.«

»Das *ist* Themistokles«, sagte Samantha noch einmal. Sie verschränkte herausfordernd die Arme vor der Brust. »Wie habt ihr das gemacht? Ihr habt tatsächlich über einen *Computer* Kontakt mit Märchenmond aufgenommen?«

»Also eigentlich war es eher so, dass Märchenmond über den Computer mit uns …«, begann Tanja, aber Rebekka brachte sie mit einem fast schon entsetzten Blick zum Verstummen.

Doch es war zu spät. Samantha tat mit einiger Verspätung nun doch das, was Rebekka vorhin schon befürchtet hatte, schob sie einfach aus dem Weg und klappte den Computer wieder auf. »Also doch«, zischte sie. »Themistokles.«

»He!«, protestierte Tanja. »Lass die Finger von meinem Computer!« Sie wollte Samanthas Arm zur Seite drücken, aber Samantha leistete hartnäckigen Widerstand. Tanja verdoppelte ihre Anstrengungen, Samantha die ihren ebenfalls, und auch Rebekka trat hinzu, um Samantha gewaltsam zurückzureißen, sodass ein regelrechtes Gerangel um den Computer entstand. Themistokles' Gesicht auf dem Bildschirm nahm einen Ausdruck tiefster Bestürzung an.

»Also Kinder!«, begann er. »Das halte ich für keine gute …«

Weiter kam er nicht. Rebekka konnte hinterher nicht sagen, wer von ihnen es war – Samantha, Tanja oder sie selbst –, aber irgendjemand stieß so wuchtig gegen den Tisch, dass der Computer ins Rutschen geriet und zu Boden fiel. Themistokles riss entsetzt die Augen auf, dann brach der Deckel des Laptops samt des darin eingebauten Monitors ab und das Bild erlosch. Tanja stieß einen Schrei aus, als hätte man ihr ein glühendes Messer in die Brust gestoßen, und fiel neben dem Computer auf die Knie.

»Ups«, machte Samantha. »Das tut mir aber Leid.«

»Mein Computer!«, heulte Tanja. »Du hast ihn … du hast ihn umgebracht!« Sie hob die beiden Hälften des zerbrochenen Laptops auf und streckte sie Samantha vorwurfsvoll entgegen.

»Ich sagte doch bereits: Es tut mir Leid«, grinste Samantha.

Tanjas Gesicht verlor auch noch das letzte bisschen Farbe und ihre Augen füllten sich mit Tränen der Wut. Sie begann am ganzen Leib zu zittern.

»Wenn ich du wäre, dann würde ich jetzt lieber gehen«, sagte Rebekka hastig. Samantha grinste sie noch einen Moment lang so breit an, dass selbst Rebekka kurz Lust hatte, ihre eine zu schmieren. Dann drehte sie sich um und schlenderte gemächlich aus dem Zimmer.

Der magische Computer

Themistokles war sehr verwirrt. Seine Zauberkugel war ganz von selbst zum Leben erwacht, ohne dass er die dazu eigentlich notwendige Beschwörungsformel gemurmelt oder eine entsprechende Geste in die Luft gemalt hätte, ja nicht einmal ein Fingerschnippen war nötig gewesen. So etwas hatte er noch nie erlebt, und genau genommen war es auch vollkommen unmöglich, denn auch wenn er in einer Welt der Magie lebte – und eine Zauberkugel ein *eindeutig* magisches Ding war –, so gab es doch ganz bestimmte Gesetze, denen die Magie gehorchte. Und eines der obersten Gesetze der Magie lautete nun einmal, dass Zauberkraft niemals, nie, unter *gar keinen Umständen* von sich aus wirken konnte. Wieso also hatte sich seine Zauberkugel dann anscheinend ganz von selbst aktiviert?

»Vielleicht weil jemand von der anderen Seite aus nachgeholfen hat«, sagte eine Stimme hinter ihm.

Themistokles schüttelte den Kopf. Ohne den Blick von der Zauberkugel zu nehmen, antwortete er: »Das wäre nur möglich, wenn dieser jemand auch eine Zauberkugel besäße oder wenigstens ein Magier wäre, aber …« Er blinzelte, brach verblüfft ab und fuhr dann mit einem Ruck herum. Im allerersten Moment konnte er niemanden sehen, aber dann senkte er den Kopf und blickte leicht erstaunt auf eine Gestalt hinab, die ihm kaum bis zu den Knien reichte, aber mindestens so breit wie hoch war.

»Kjuub?«, murmelte er.

Der Zwerg nickte so heftig, dass sein blondes Strubbelhaar flog. »Als ich das letzte Mal darüber nachgedacht habe, hieß ich noch so«, feixte er.

»U… u… und au… au… außerdem sieht e… e… er au… au… auch so au… au… au… aus«, fügte ein piepsiges Stimmchen hinzu. Themistokles sah kurz auf und gewahrte eine kaum handgroße Gestalt mit bunt schillernden Libellenflügeln, die direkt über seinem Kopf taumelnde Kreise in der Luft beschrieb. Er sagte nichts, konnte ein Lächeln aber nicht mehr ganz unterdrücken. Eigentlich hätte er sich denken können, dass dort, wo der Zwerg auftauchte, auch die Elfe nicht weit war. Kjuub und Scätterling lagen sich zwar praktisch ununterbrochen in den Haaren, was aber nichts daran änderte, dass sie wie Pech und Schwefel zusammenhielten und trotz ihres dauernden Gezänks die besten Freunde waren.

Kjuub streckte der Elfe die Zunge heraus und Scätterling reagierte mit einem angedeuteten Sturzflug darauf, als hielte sie sich für eine giftige Riesenwespe, nicht für das harmloseste Geschöpf, das man sich nur vorstellen konnte. Kjuub schlug spielerisch mit der Hand nach ihr, natürlich nicht in der Absicht, sie wirklich zu treffen, und die Elfe wich ihm mit einer eleganten Bewegung aus und

kurvte so dicht an Themistokles' Gesicht vorbei, dass er den Luftzug spüren konnte, den ihre zarten Libellenflügel verursachten.

»Lasst den Unsinn, Kinder«, seufzte er. »Das hier ist wirklich ernst.«

»E… e… e… e… ernst?«, fragte Scätterling und ließ sich auf der Zauberkugel nieder, wobei sie wie eine winzige Balletttänzerin nur auf den Zehenspitzen balancierte. Die Kugel wackelte ein wenig. Nicht sehr.

»Na ja, sagen wir: sonderbar«, schränkte Themistokles ein – was ganz und gar nicht der Wahrheit entsprach. Wenn ein magischer Gegenstand anfing sich selbstständig zu machen, dann war das geradezu Besorgnis erregend. Aber er sah keinen Grund, seine beiden kleinen Freunde zu beunruhigen.

»W… w… wisst Ihr, w… w… was e… ernst ist, M… m… m… meister Themistokles?«, fragte Scätterling. Sie hatte bemerkt, dass sich die Zauberkugel unter ihren Füßen bewegte, und schien Gefallen daran zu finden. Themistokles gefiel das weit weniger, aber er wusste auch, dass die Zauberkugel durch die gleiche Magie, die ihr ihre Macht verlieh, sicher auf ihrer Säule gehalten wurde. Dennoch wäre es ihm lieber gewesen, Scätterling hätte das nicht getan. »Nein«, antwortete er. »Und bitte lass das.«

Natürlich ließ Scätterling es *nicht*. Sie begann ganz im Gegenteil immer rascher auf der Stelle zu treten, wobei sie mit heftig schwirrenden Flügeln nur mühsam das Gleichgewicht hielt. Die Kugel unter ihren Füßen bewegte sich zunehmend schneller; wie ein Gummiball, der sich im Wasser dreht.

»F… f… f… f… f…«, begann sie. Kjuub schüttelte den Kopf und erklärte missmutig: »Sie spricht von Feuer.« Stirnrunzelnd und in Scätterlings Richtung fügte er hinzu: »Und du sollst das lassen, hat Meister Themistokles gesagt!«

Scätterling schlug immer stärker mit den Flügeln, um das Gleichgewicht zu halten, und *rannte* jetzt fast auf der Stelle, weil die Kugel unter ihren Füßen mittlerweile regelrecht rotierte. Themistokles runzelte leicht besorgt die Stirn.

»*Was* ist mit Feuer?«, fragte er betont.

»Vielleicht war es doch keine so gute Idee, Feuer seine magischen Kräfte zurückzugeben«, erklärte der Zwerg. »Scätterling! Hör mit dem Quatsch auf!«

»Wieso?«, fragte Themistokles. Mit zunehmender Beunruhigung beobachtete er die Elfe. Scätterling schlug übertrieben hektisch mit den Flügeln und ruderte inzwischen sogar mit den Armen, um auf der wirbelnden Kugel das Gleichgewicht zu halten.

»W… w… w… weil s… s… s… sie i… i… i… irgende… e… e… etwas au… au… aushecken«, stieß Scätterling keuchend hervor. Ihre Arme rotierten geradezu und ihre Flügel flatterten wie wild. Dennoch begann sie den Wettlauf mit der Kugel allmählich zu verlieren und wurde mehr und mehr nach hinten getragen.

»Hör endlich mit dem Blödsinn auf!«, grollte Kjuub. An Themistokles gewandt fügte er hinzu: »Ich weiß nicht was, aber irgendetwas hecken er und die anderen aus, das ist mal klar.«

Themistokles blickte irritiert von Scätterling zu Kjuub und wieder zurück. Er konnte wirklich nicht genau sagen, was ihn mehr störte: Das, was der Zwerg über den jungen Drachen und seine Freunde erzählte, oder der Anblick der Zauberkugel, die sich mittlerweile wie toll unter Scätterlings wirbelnden Füßen drehte, sodass die Elfe, die verzweifelt mit den Armen ruderte, drohte hintenüberzukippen.

Themistokles war nicht ganz sicher – aber es kam ihm beinahe so vor, als hätte auch die dicke Marmorsäule, auf der die Kugel normalerweise *ruhte,* ganz leicht zu zittern begonnen.

»Was genau meint ihr mit *aushecken?*«, fragte er.

Kjuub hob die breiten Schultern. »Keine Ahnung«, gestand er. »Aber wenn Feuer dabei ist, kann es nichts Gutes sein. Scätterling, du übergeschnappte Schmeißfliege! Was tust du da? Hör endlich mit dem Unsinn auf!«

»W... w... w... würd ich ja gerne«, piepste Scätterling, deren Arme jetzt mit ihren Flügeln um die Wette wedelten.

»Ich kann mir kaum vorstellen, dass er schon wieder Unsinn anstellt«, sagte Themistokles. »Nicht nachdem er seinem Vater so fest versprochen hat, sich in Zukunft zu benehmen.« Er war jetzt fast sicher, dass der Sockel der Zauberkugel zitterte. An die Elfe gewandt fügte er hinzu: »Also es wäre mir wirklich lieber, wenn du damit aufhören würdest.«

»K... k... k... kein Problem«, stammelte die Elfe, verlor im gleichen Moment den Kampf sowohl gegen die Schwerkraft als auch gegen die rasende Kugel und kippte mit einem schrillen Piepsen nach hinten.

Themistokles stieß ein erschrockenes Keuchen aus und sprang hinzu, um die Elfe aufzufangen. Kjuub ächzte entsetzt und machte einen raschen Hüpfer in die gleiche Richtung und Scätterling, die sich endlich daran zu erinnern schien, dass sie eine *Elfe* war und Elfen fliegen können, fing ihren Sturz im allerletzten Moment ab und jagte in steilem Winkel nach oben – genau zwischen Themistokles' zupackenden Händen hindurch und so dicht an seinem Gesicht vorbei, dass er zusammenfuhr und beinahe das Gleichgewicht verlor.

Endgültig verlor er es, als Kjuub, der sich bei seinem Sprung kräftig verschätzt hatte, wie eine Kanonenkugel, eine strubbelhaarige und äußerst zerknautschte Kanonenkugel, in seine Kniekehlen krachte. Themistokles prallte stöhnend gegen die Kante seines überfüllten Schreibtisches, griff blindlings um sich und bekam die Marmorsäule zu fassen, auf der die Zauberkugel lag. Diese begann zu wackeln, neigte sich nach rechts, links, nach vorne und zurück – und fiel dann wie in Zeitlupe um.

Themistokles ächzte. Unsanft plumpste er auf sein verlängertes Rückgrat, saß einen Moment benommen da und hörte einen dumpfen Knall auf der Schreibtischplatte über sich, gefolgt von einem bedrohlichen Rumpeln und Rollen, das immer lauter wurde, je näher es der Schreibtischkante kam. Erschrocken legte er den Kopf in den Nacken.

Gerade rechtzeitig genug um zu sehen, wie die fußballgroße Kugel aus massivem Glas über den Rand der Tischplatte schoss und Kurs auf sein Gesicht nahm.

»Oh je!«, sagte Scätterling – übrigens ohne das geringste Stottern.

Die Zauberkugel prallte mit einem hellen *Ping!* von Themistokles' Stirn ab und hüpfte wie ein Gummiball in die Höhe. Themistokles sah Sterne, bewies aber trotzdem die Geistesgegenwart, mit der linken Hand nach seinem spitzen Zauberhut zu greifen, der ihm vom Kopf zu rutschen drohte, und die andere Hand nach der Zauberkugel auszustrecken.

Und vielleicht hätte er es sogar geschafft, sie aufzufangen, wäre nicht Kjuub in diesem Moment seinerseits nach der Kugel gehechtet.

Er verfehlte sie, kam aber immerhin hoch genug, um die Kugel mit den Fingerspitzen zu erreichen und abzulenken. Statt in Themistokles' Hand zu landen, flog sie zur Seite, knallte auf sein Knie und sprang wie ein Gummiball wieder in die Höhe. Themistokles ächzte noch einmal – diesmal vor Schmerz –, stemmte sich aber trotzdem mit erstaunlicher Behändigkeit hoch und griff hektisch nach der Zauberkugel, die den halben Weg zur Zimmerdecke zurückgelegt hatte und nun mit einem pfeifenden Geräusch wie eine fallende Bombe wieder zurückstürzte.

Wenn sie jetzt auf dem Boden aufschlug, das wusste er, würde sie zerbrechen. Zauberkugel hin oder her – letzten Endes bestand auch sie nur aus *Glas*. Verzweifelt schnellte er mit ausgestreckten Armen in die Höhe und auch Kjuub, der sich anscheinend irgendwie für den ganzen Schlamassel verantwortlich fühlte, machte den gewaltigsten Sprung in die Luft, den ein Zwerg nur zustande bringen konnte.

Er war trotzdem nicht sehr hoch, aber er reichte immerhin, um ihn wuchtig mit Themistokles zusammenprallen zu lassen. Die beiden stürzten keuchend zu Boden und die Zauberkugel setzte ihren Weg unbeirrt fort, den Steinfliesen entgegen, auf denen sie zerschellen musste.

»Ich kriege sie!«, piepste Scätterling. Wie eine zu groß

geratene Libelle kurvte sie um die Kugel herum, ging in den Sturzflug über und überholte sie, gerade als sie in Kniehöhe war. »Keine Sorge, ich hab sie scho… o…o…o…o…o…o… oh.«

»Oh nein«, murmelten Themistokles und Kjuub gleichzeitig. Aber es war zu spät.

Tatsächlich hatte es Scätterling geschafft, im Flug unter die fallende Kugel zu gelangen und sich sogar auf den Rücken zu drehen, um die Arme auszubreiten, und vielleicht hätte sie es sogar geschafft, sie aufzufangen, wäre sie selbst ein bisschen größer und die Kugel (deutlich mehr als nur) ein bisschen kleiner gewesen. Unglückseligerweise war Scätterling aber noch nicht mal so groß wie eine Hand, während die Zauberkugel den Durchmesser eines Fußballes hatte und hundert Mal so viel wog wie sie.

»So, das müsste jetzt eigentlich wieder funktionieren!« Tom legte den Lötkolben aus der Hand und begutachtete sein Werk kritisch. Besonders gut sah es nicht aus, fand Rebekka, aber natürlich hütete sie sich das laut auszusprechen. Tanjas Laune befand sich sowieso schon auf dem Tiefpunkt, und wenn man sich ansah, was aus ihrem Laptop geworden war, konnte man sie fast verstehen.

Tom hatte die letzten drei Stunden damit zugebracht, an dem beschädigten Laptop herumzuschrauben, zu löten und zu biegen, was das Zeug hielt, und immerhin hatte er es geschafft, den abgebrochenen Bildschirm zu befestigen und die herausgesprungenen Tasten wieder einzusetzen; die meisten sogar an der richtigen Stelle. *Schön* war das Ergebnis allerdings nicht gerade. Das ganze Gerät wirkte ein wenig schief, als hätte es zu lange in der Sonne gelegen, und eine Ecke des Monitors hatte einen Sprung abbekommen, den er kurzerhand mit Heftpflaster geflickt hatte.

»Nun?«, fragte Tom und wandte sich mit einem Beifall heischenden Blick an die Besitzerin dieser Jammergestalt von einem Computer.

»Hm«, machte Tanja. Wenn man ihren Gesichtsausdruck bedachte, fand Rebekka, dann kam diese Antwort schon fast einem Begeisterungssturm gleich. Dabei hätte Tanja ihrer Meinung nach ruhig ein bisschen mehr Dankbarkeit zeigen können. Immerhin hatte Tom extra den Sportunterricht geschwänzt, um ihren Computer zu reparieren, und riskierte damit einen ordentlichen Anpfiff von Frau Bienenstich, der Internatsleiterin. Und heute hatte Schwimmen auf dem Stundenplan gestanden, sein Lieblingsfach.

»Funktioniert er wenigstens?«, fragte Tanja schließlich.

»Was ich repariere, das funktioniert immer«, erklärte Tom beleidigt. Um seine Worte sofort unter Beweis zu stellen, zog er den Lötkolben aus der Steckdose, griff nach dem Kabel des Computers und steckte es ein. Funken stoben. Etwas zischte und im ganzen Zimmer fiel der Strom aus. Ein Chor von Flüchen und spitzen Schreien, der durch die geschlossene Tür drang, ließ vermuten, dass nicht nur *dieses* Zimmer betroffen war …

»Ups«, murmelte Tom verdutzt. Hastig zog er den Stecker wieder heraus und blickte ihn so vorwurfsvoll an, als wäre er der Übeltäter.

»Tja, dann gehe ich mal und drehe die Sicherung wieder rein«, maulte Tanja. Wütend drehte sie sich um und rauschte ab. Die Tür knallte so laut hinter ihr zu, dass Tom erschrocken zusammenfuhr und um ein Haar den Schraubenzieher fallen gelassen hätte, den er nun anstelle des Lötkolbens in der Hand hielt. Hastig beugte er sich tiefer über den Computer und begann den Deckel abzuschrauben.

Wie immer, wenn Rebekka und Tom allein waren, machte sich ein betretenes Schweigen zwischen ihnen breit. Dabei mochte Rebekka Tom und sie war ziemlich sicher, dass sie ihm umgekehrt auch nicht ganz gleichgültig war. Aber da hatte es eine hässliche Geschichte zwischen ihnen gegeben, gleich nach ihrer Ankunft auf Drachenthal, und seither hatte er ein so schlechtes Gewissen, dass er ihr aus dem Weg ging, wo immer er konnte. Was nichts an Rebekkas Überzeugung änderte, dass er Tanjas Computer hauptsächlich reparierte, um *ihr* einen Gefallen zu tun …

Jungs waren schon kompliziert.

Rebekka zerbrach sich immer noch den Kopf darüber, wie sie Tom in ein Gespräch verwickeln konnte, als die Tür aufflog und die beiden Menschen hereinkamen, die Rebekka im Moment am allerwenigsten auf der ganzen Welt zu sehen wünschte: Samantha vom Thal, die Verursacherin dieser ganzen Katastrophe, und Felicitas Bienenstich, genannt Biene, die Schulleiterin von Schloss Drachenthal. Tanja wuselte hinter ihnen her und versuchte ebenso verzweifelt wie vergeblich, sie am Betreten des Zimmers zu hindern.

»Aha«, sagte Biene, nachdem sie sich mit einem raschen Blick umgesehen hatte. »Also doch.«

Also doch? Rebekka warf Sam einen durchdringenden Blick zu, auf den diese allerdings nur mit einem unverschämten Grinsen reagierte. Allmählich wurde ihr klar, warum Biene *ganz zufällig* hier aufgetaucht war.

»Oh, hallo, Frau Biene…nstich«, verbesserte sich Tom hastig. »Was für … eine Überraschung.«

Zwischen Bienes sorgsam nachgezogenen Augenbrauen erschien eine steile Falte, die jedermann im Internat kannte und fürchtete. »Das glaube ich gerne, junger Mann«, erwiderte sie. »Vor allem, wo du doch jetzt eigentlich beim Sportunterricht sein solltest, wenn ich richtig informiert bin.«

»Echt?«, fragte Tom mit perfekt gespielter Verwunderung. »War das heute?«

Biene sog hörbar die Luft ein und ihr Blick machte klar, dass das letzte Wort in dieser Angelegenheit noch nicht gesprochen war. Aber zumindest im Augenblick ging sie nicht weiter darauf ein, sondern sah sich noch einmal – und jetzt schon viel aufmerksamer – im Zimmer um. »Was tust du hier, Tom?«, fragte sie. »Das hier ist der Mädchentrakt. Jungen haben in diesen Räumen absolut nichts verloren. Sollte dir die Schulordnung in diesem Punkt nicht geläufig sein, dann solltest du sie vielleicht zwanzigmal abschreiben.«

»Ich … ich wollte nur Tanjas Computer reparieren«, verteidigte sich Tom.

Biene trat näher an den Schreibtisch heran und beugte sich neugierig über das Durcheinander von Schrauben, Werkzeugen und Einzelteilen, das die zerschrammte Platte bedeckte. Rebekka hatte das Gefühl, dass ein paar davon eigentlich *in* den Laptop gehörten.

»Das sieht ja schlimm aus«, sagte Biene. »Was ist passiert?«

»Das war meine Schuld«, erklärte Sam hastig. »Ich war ungeschickt und da ist er mir runtergefallen.«

Nicht nur Biene sah sie überrascht an. Dass Sam, die größte Zicke der ganzen Schule, *freiwillig* zugab, etwas falsch gemacht zu haben, grenzte an ein mittleres Wunder. Und sie setzte noch eins drauf, indem sie hinzufügte: »Und da habe ich Tom gebeten, sich den Schaden anzusehen und den Computer zu reparieren.«

»Ich wusste gar nicht, dass du so etwas kannst«, meinte Biene an Tom gewandt. »Aber dann wissen wir ja nun auch, was mit der Sicherung passiert ist, nicht wahr? Und wer in Zukunft unserem armen Hausmeister zur Hand gehen wird, wenn er etwas zu reparieren hat.« Sie bemühte sich ein möglichst strenges Gesicht aufzusetzen. »Tom, warte bitte in meinem Büro auf mich. Und *wir* reden später noch einmal miteinander, wenn ich mir Klarheit über gewisse Dinge verschafft habe.«

Tom verließ fast fluchtartig das Zimmer und Biene warf nur noch einen letzten, unheilschwangeren Blick in die Runde und ging dann ebenfalls.

Kaum hatte sie das Zimmer verlassen, da fuhr Tanja mit einem Ruck herum und zischte Samantha an: »Na herzlichen Dank auch!«

Samantha spielte perfekt die Ahnungslose. »Aber was …?«

»Ach, hör doch auf!«, unterbrach sie Tanja. Ihre Augen schienen Funken zu sprühen. »*Du* hast uns doch Biene auf den Hals gehetzt um Tom anzuschwärzen.«

»Nein!«, behauptete Sam. »Ich habe sie ganz zufällig auf dem Weg hierher getroffen, und ich wusste ja gar nicht, dass Tom hier ist!«

Tanja wollte auffahren, aber Rebekka brachte sie mit einer besänftigenden Geste zum Verstummen. »Immerhin hat sie die Schuld auf sich genommen«, meinte sie. Dann wandte sie sich mit einem fragenden Blick direkt an Sam. »Warum eigentlich?«

»Weil es die Wahrheit ist«, antwortete Samantha zerknirscht.

»Und was willst du dann hier?«, fragte Tanja unfreundlich. »Es ist nichts mehr da, was du kaputt machen kannst.«

»Mich entschuldigen«, sagte Sam. »Ehrlich, es tut mir Leid. Ich weiß doch, wie du an diesem Computer hängst! Ich wollte das nicht, wirklich.« Sie wartete einen Moment lang vergebens auf eine Antwort und fuhr dann mit einem schnellen Seitenblick auf den Computer und in ganz leicht verändertem Ton fort: »Vor allem, nachdem ich gesehen habe, was ihr damit anstellt. Der Trick war wirklich großartig. Wie habt ihr es nur geschafft, Themistokles auf den Schirm zu zaubern?«

Rebekka tauschte einen erschrockenen Blick mit Tanja. »Ich sagte doch, das war nur ein Spiel«, rief sie.

»Quatsch, Spiel!«, erwiderte Sam. »Ich erkenne doch den alten Themistokles, wenn ich ihn sehe! Und er war ganz eindeutig auf Märchenmond. Kommt, sagt schon – wie habt ihr das gemacht?«

»Ich weiß gar nicht, wovon du redest«, behauptete Rebekka.

Samanthas Augen wurden schmal. »Ich könnte natürlich auch Biene davon erzählen«, meinte sie versonnen.

»Nur zu!« Tanja verschränkte herausfordernd die Arme vor der Brust. »Ich freue mich schon auf Bienes Gesicht, wenn du ihr erzählst, dass wir über meinen Computer Kontakt zu einem echten Zauberer aufgenommen haben. Einem, der in einer Welt lebt, in der es Drachen und Einhörner und Elfen gibt. Erzähl es ihr ruhig. Rebekka und ich kommen dich auch besuchen, wenn dich die Jungs mit den weißen Jacken abholen.«

Für einen Moment blitzten Samanthas Augen noch wütender, aber dann schüttelte sie nur traurig den Kopf. »Entschuldigt«, sagte sie. »Dabei hatte ich mir fest vorgenommen, nicht wieder so anzufangen.«

»Was meinst du mit *so?*«, erkundigte sich Rebekka misstrauisch. Sie hatte keineswegs vergessen, was Sam ihr vor knapp zwei Monaten angetan hatte. Auf geheimnisvolle Weise hatte es das skrupellose Mädchen geschafft, mit Märchenmond in Verbindung zu treten, oder genauer gesagt: mit Feuer. Und der unsympathische Drache hatte nichts Besseres zu tun gehabt, als zusammen mit Samantha einen geradezu teuflischen Plan auszuhecken, der Rebekka fast das Leben gekostet hätte. Da lag die Frage nahe, was das jetzt so harmlos tuende Mädchen diesmal im Schilde führte.

»Na ja.« Sam vergrub die Hände in den Taschen, während sie antwortete. »Ich wollte eigentlich vorschlagen, dass wir diesen doofen Streit endlich begraben. Das bringt doch keinem von uns was. Ich meine: Können wir nicht einfach Freundinnen werden?«

»Bestimmt nicht«, blaffte Tanja. Offensichtlich hatte sie Sam den Mord an ihrem Computer noch lange nicht verziehen. Bevor sie fortfahren konnte, hörten sie ein leises Klicken und das Licht ging wieder an. Jemand – wahrscheinlich Tom, dachte Rebekka – hatte die Sicherung wieder eingeschaltet.

»Ich verstehe«, seufzte Sam. »Du bist immer noch sauer wegen des Computers.« Sie schlenderte zum Schreibtisch und beugte sich neugierig vor. »Das sieht aber auch wirklich schlimm aus. Weißt du was? Ich kaufe dir einen neuen.«

»Danke, ich verzichte«, knurrte Tanja. »Und fass bloß nichts an!«

Den letzten Satz musste Sam irgendwie überhört haben, denn sie nahm die Hände aus den Taschen und begann in dem Durcheinander aus Disketten und Computer-CDs auf dem Schreibtisch zu kramen. Mit der anderen Hand schob sie den Stecker des Laptops wieder in die Steckdose und schaltete fast gleichzeitig das Gerät ein.

»Ich sagte: Fass nichts an!«, schnappte Tanja.

Selbstverständlich reagierte Samantha nicht darauf, sondern kramte emsig weiter. Der Computer erwachte mit einem hellen *Ping!* zum Leben und ein Durcheinander von Zahlen und – jedenfalls für Rebekka – sinnlosen Buchstaben erschien auf dem Bildschirm, als das Gerät einen Selbsttest durchführte.

»He!«, rief Samantha überrascht. »Er scheint tatsächlich wieder zu funktionieren! Ehrlich gesagt hätte ich das Tom gar nicht zugetraut!« Sie nahm wahllos eine Diskette aus dem Durcheinander und schob sie in das Laufwerk, das an der Seite des flachen Gerätes angebracht war.

»Du sollst das lassen!« Jetzt schrie Tanja fast. Mit einem einzigen Schritt war sie bei Sam und riss sie grob zurück. Dann erstarrte sie mitten in der Bewegung und blickte mit gerunzelter Stirn auf den Bildschirm. Auch Rebekka trat neben sie und beugte sich neugierig vor.

Auf dem Monitor war ein schmaler Balken erschienen, der sich langsam von links nach rechts rot färbte.

»Sag ich doch, er funktioniert wieder!«, erklärte Samantha.

»Ja, aber das ist ganz bestimmt nicht dein Verdienst!«, giftete Tanja. »Und jetzt verschwinde! Wir denken über deinen Vorschlag nach!« Sie packte Sam bei den Schultern, drehte sie um und bugsierte sie so rasch aus dem Zimmer, dass sie gar nicht mehr dazu kam, noch etwas zu sagen. Dann warf sie die Tür hinter ihr zu, lehnte sich dagegen und verdrehte die Augen.

»Freundinnen! Pah!«, machte sie.

Rebekka starrte nur weiter stirnrunzelnd auf den Bildschirm. Der Balken hatte sich mittlerweile komplett rot gefärbt und darunter waren zwei ebenfalls rote Worte erschienen: DOWNLOAD COMPLETE.

Das magische Puzzle

Der Unterricht war an diesem Tag komplett ausgefallen, und Themistokles war auch fast sicher, dass er am nächsten Tag ebenfalls ausfallen würde. Es war lange nach Mitternacht und er war so müde, dass er mittlerweile kaum noch die Augen offen halten konnte, obwohl er schon fünf oder sechs Wachhalte-Zauber angewendet hatte. Gut – einer davon war gründlich schief gegangen, und Themistokles hatte fast eine Stunde gebraucht, um die blökende Schafherde wieder loszuwerden, die urplötzlich in seiner Zauberstube erschienen war. Aber der Rest hatte funktioniert und ihn auch putzmunter gehalten. Mittlerweile war jedoch die Wirkung der Zaubersprüche erschöpft, und wie es eben mit solcherlei Zauberei war, fühlte er sich jetzt umso müder. Morgen früh würde er dafür wahrscheinlich alle Mühe haben, auch nur *wach* zu werden, von der Erfüllung seiner Pflichten als (einziger) Lehrer an der Zauberschule ganz zu schweigen.

Aber dafür war er sehr zufrieden mit seiner heutigen Arbeit.

Themistokles hatte den ganzen Tag und mehr als die halbe Nacht damit zugebracht, das mindestens zehntausendteilige Puzzle zusammenzusetzen, in das die Zauberkugel nach ihrem Aufprall auf dem harten Steinboden zersplittert war. Er hatte eine Menge Zauberkraft (und noch mehr Kleber) dazu gebraucht, aber er konnte stolz auf das Ergebnis sein. Die Zauberkugel glänzte wie neu. Nicht der winzigste Sprung war mehr zu sehen, ja nicht einmal ein einziger Kratzer. Die Zauberkugel glänzte wie frisch poliert.

Aber funktionierte sie auch noch?

Themistokles hatte schon ein paarmal dazu angesetzt, sie auszuprobieren, aber ihm war einfach kein passender Zauberspruch eingefallen, der der Gelegenheit angemessen schien.

Die Wahrheit war, dass er ein bisschen Angst davor hatte.

Einmal ganz davon abgesehen, dass Zauberkugeln schon seit Jahrhunderten nicht mehr hergestellt wurden und ihr Verlust somit ein wirklich harter Schlag gewesen wäre, war eine Zauberkugel, die nicht richtig funktionierte, alles andere als ungefährlich. Immerhin war sie ein Gegenstand von gewaltiger magischer Kraft.

Themistokles überlegte noch einen Moment und kam dann zu dem Schluss, dass es wirklich das Vernünftigste wäre, mit dem Ausprobieren der Kugel bis zum nächsten Morgen zu warten, wenn er frisch und ausgeruht sein würde – nur für den unwahrscheinlichen Fall, dass *doch* etwas schief gehen sollte. Er rieb sich müde mit Daumen und Zeigefinger über die Augen und gähnte ausgiebig, als er ein Geräusch an der Tür hörte. Themistokles wandte stirnrunzelnd den Kopf und das Geräusch wiederholte sich: ein Kratzen und Schaben auf der anderen Seite der Tür.

Themistokles stand auf, überzeugte sich sorgfältig davon, dass die so mühsam wieder zusammengesetzte Zauberkugel sicher an ihrem Platz lag, und ging zur Tür. Die Tür hatte kein Schloss, aber sie war immerhin die Tür einer Zauberstube und keine Macht der Welt hätte sie gegen seinen Willen öffnen können. Themistokles schnippte mit den Fingern und die Tür verschwand und machte einer massiven Wand aus uralten Steinquadern Platz.

Themistokles blinzelte. Er schnippte abermals mit den Fingern und die Mauer löste sich in Luft auf. An ihrer Stelle erschien etwas, das wie eine Mischung aus altem Käse und Fußpilz aussah (und auch so roch) und Themistokles sog erschrocken die Luft ein. Anscheinend war er wirklich ein bisschen müde. Er kramte einen Moment lang angestrengt in seinem Gedächtnis, bis er endlich den richtigen Zauberspruch gefunden hatte, und schnippte dann noch einmal mit den Fingern, und diesmal tauchte tatsächlich die Tür wieder auf, die praktischerweise schon offen stand.

Draußen auf dem schmalen, nur von einer einzelnen Fackel erhellten Flur saß ein Drache. Gottlob ein junger Drache (ein ausgewachsener hätte auch gar nicht in den Gang hineingepasst), aber auch ein junger Drache maß vom Kopf bis zur Schwanzspitze gute vier Meter, und der unerwartete Besucher überragte Themistokles dementsprechend sogar im Sitzen noch um ein gutes Stück.

»Feuer?«, entfuhr es Themistokles überrascht. »Was machst du denn hier?«

»Aber Ihr habt mich doch rufen lassen, Meister Themistokles«, antwortete Feuer.

»So, habe ich das?«, fragte Themistokles. Er dachte angestrengt nach, doch er konnte sich beim besten Willen nicht daran erinnern, nach dem Rabauken geschickt zu haben. Es war schon ein Kreuz, alt zu werden. Sein Gedächtnis hatte in letzter Zeit merklich nachgelassen. Dennoch war es seltsam, dass er sich so gar nicht erinnern konnte. »Warum?«

»Das weiß ich nicht, Meister Themistokles.« Feuer verdrehte den Hals, um an Themistokles vorbei in die Zauberstube zu spähen. Er schnüffelte hörbar. »Hier riecht's nach Käse.«

»Und wie lange sitzt du schon hier draußen?«, fragte Themistokles.

»Seit gestern Abend«, antwortete Feuer und schnüffelte erneut. »Oder nach Schafen?«

»Du hast die ganze Nacht hier gesessen?«, ächzte Themistokles.

Feuer nickte so heftig, dass sich ein Stein aus der baufälligen Wand über ihm löste und mit einem hellen Geräusch von seinen roten Schuppen abprallte. Themistokles brachte sich mit einem hastigen Schritt in Sicherheit, und der Drache nutzte die Gelegenheit, um an ihm vorbei in die Zauberstube zu watscheln. So elegant sich Drachen auch in der Luft bewegten, so schwerfällig und manchmal schon komisch wirkten sie auf dem Boden, und Feuer machte da keine Ausnahme.

»Wenn Ihr mich doch habt rufen lassen«, sagte er, schnüffelte erneut und sah sich mit unverhohlener Neugier in der Zauberstube um. »Oder Schaf mit Käse?«, fragte er und fuhr sich genießerisch mit der Zunge über die Lippen. »Ich *liebe* gebratenes Schaf mit Käsesoße.«

»Also ich kann mich wirklich nicht erinnern, dich gerufen zu haben«, erwiderte Themistokles verwirrt. »Außerdem ist es wirklich sehr spät. Warum kommst du nicht morgen nach dem Unterricht zu mir – und wir reden dann?«

»Ganz wie Ihr wünscht, Meister Themistokles«, flötete Feuer, machte aber keine Anstalten, die Zauberstube zu verlassen. Ganz im Gegenteil musterte er seine Umgebung höchst interessiert, was Themistokles ein bisschen peinlich war. Er war nämlich nicht unbedingt der Ordentlichste und seine Zauberstube bot einen chaotischen Anblick. Scätterling hatte sie einmal mit einer bewohnten Mülltonne verglichen.

»Da … da ist noch etwas, Meister Themistokles«, meinte Feuer plötzlich unbehaglich.

»Ja?«, fragte Themistokles.

»Ich … äh …« Feuer druckste einen Moment herum, aber man hätte auch den Eindruck gewinnen können, dass er die Gelegenheit nutzte, um sich weiter und sehr aufmerksam umzusehen.

»Ich weiß, ich habe mich in letzter Zeit ziemlich schlecht

benommen«, setzte er schließlich neu an. »Also ich … ich bin eigentlich gekommen, weil ich mich bei Euch entschuldigen wollte, Meister Themistokles.«

»Entschuldigen?«, wiederholte Themistokles ungläubig. »Du?«

Feuer nickte schüchtern. »Mein Vater hat mir ins Gewissen geredet«, erklärte er. »Er hat ja Recht. Ich habe es wirklich ein bisschen übertrieben, fürchte ich. Aber ich verspreche, mich in Zukunft zu benehmen. Wirklich!«

»Das ist schön«, sagte Themistokles. Er war ziemlich durcheinander. Dass sich Feuer bei ihm entschuldigen wollte, erschien ihm kaum vorstellbar. Junge Drachen waren dafür berüchtigt, äußerst wild zu sein und gerne einmal über die Stränge zu schlagen, und Feuer war bekanntermaßen der größte Rabauke, den es in ganz Drachenthal gab.

»Aber wir sollten trotzdem morgen weiter darüber reden«, fuhr er leicht irritiert fort. »Es ist wirklich spät. Ich bin ein bisschen müde und auch du solltest längst schlafen.«

»Ja, sicher«, bestätigte Feuer und nickte so heftig, dass sich Themistokles vorsichtshalber einen weiteren Schritt zurückzog. Ansonsten rührte er sich nicht. »Aber Ihr glaubt mir doch, dass ich es wirklich ehrlich meine?« Sein Blick tastete mit geradezu gespannter Aufmerksamkeit durch den Raum. Themistokles hatte das Gefühl, dass er irgendetwas Bestimmtes suchte. »Es tut mir wirklich Leid, wenn ich Euch Ärger gemacht habe.«

Themistokles verdrehte lautlos die Augen. Vielleicht war es ja an der Zeit, etwas deutlicher zu werden. »Feuer«, begann er, »du solltest jetzt wirklich …«

»Aber was ist denn *das?*«, unterbrach ihn Feuer. Er runzelte verwirrt die Stirn, und als Themistokles sich mit einem Ruck herumdrehte und seinem Blick folgte, da riss auch er erstaunt die Augen auf.

Seine Zauberkugel war zu neuem Leben erwacht.

Ganz von selbst, ohne dass er auch nur den allermindesten Laut von sich gegeben, den kleinsten Zauberspruch gemurmelt oder mit den Fingern geschnippt hätte! Das war einfach unmöglich; so etwas *taten* Zauberkugeln nicht!

Doch unmöglich oder nicht – *diese* Zauberkugel tat es. Farbige Schlieren und leuchtende Wolkengebilde bewegten sich unter der Oberfläche, manchmal blitzten bunte Lichtpunkte in ihrem Inneren auf und einmal glaubte Themistokles sogar, eine ganze, sich drehende Galaxis zu sehen, als blickte er nicht in eine Kugel aus Glas, sondern durch ein Fenster in ein komplett anderes Universum.

Langsam und von keinem besonders guten Gefühl erfüllt, ging Themistokles auf den Schreibtisch zu. Feuer watschelte hinter ihm her. Als sie ihn fast erreicht hatten, erschien ein hässliches grünes Zwergengesicht in der Zauberkugel, das ihnen grinsend die Zunge herausstreckte.

Themistokles machte einen erschrockenen Hüpfer

rückwärts und auch Feuer fuhr zusammen und schlug aufgebracht mit dem Schwanz. Dieser traf einen Schemel, der sich in ein Wurfgeschoss verwandelte und eine Spur der Verwüstung durch die Zauberstube zog, bevor er an der gegenüberliegenden Wand aufprallte und zerbarst.

»Feuer!«, sagte Themistokles streng. »Jetzt ist es aber gut! Du solltest nun wirklich gehen!«

Der junge Drache schien seine Worte gar nicht zu hören. Er stand in einer schon fast komisch anmutenden Haltung wie erstarrt, hatte die linke Pfote erhoben und linste mit dem rechten Auge auf den Boden darunter. Mit dem anderen blickte er Themistokles an – Drachen können nämlich ihre Augen unabhängig voneinander bewegen, wie manche Eidechsen oder Chamäleons. »Meister Themistokles«, sagte er aufgeregt. »Seht doch!«

Neugierig beugte sich Themistokles vor. Unter Feuers Fuß blitzte etwas im Licht der magischen Lampen, die die Zauberstube erhellten. Themistokles streckte die Hand aus, beugte sich noch weiter vor (wobei er einen ziemlich nervösen Blick nach oben warf, auf Feuers mehr als bratpfannengroße, gepanzerte Pfote, die nun direkt über seinem Kopf schwebte) und hob das winzige glitzernde Ding auf, das Feuer entdeckt hatte.

Es war eine Glasscherbe. Sie war kaum größer als ein Fingernagel und hauchdünn, und Themistokles merkte sofort, dass es sich nicht um *irgendeine* Glasscherbe handelte, sondern um ein Stück der Zauberkugel. Kein Wunder, dass das Ding nicht richtig funktionierte!

Plötzlich furchtbar erregt wandte sich Themistokles wieder zum Tisch um, brachte die bunten Schlieren, Galaxien und Lichtblitze im Inneren der Kugel mit einer beiläufigen Handbewegung zum Erlöschen und unterzog sein magisches Utensil dann einer sehr gründlichen Untersuchung. Und tatsächlich – da war eine winzige abgesplitterte Stelle!

Seltsam. Er hatte sie gar nicht bemerkt, als er vorhin die Zauberkugel inspiziert hatte. Nun aber war sie da, und der kleine Glassplitter, den er zwischen Daumen und kleinem Finger der linken Hand hielt, passte haargenau in die Lücke!

Hinter ihm räusperte sich Feuer unbehaglich. »Meister Themistokles …?«

»Nicht jetzt!«, sagte Themistokles unwirsch. So vorsichtig, wie er nur konnte, versuchte er die Scherbe einzusetzen, aber sie war einfach zu winzig und drohte ihm immer wieder aus den Fingern zu rutschen.

»Habe ich etwas falsch gemacht?«, fragte Feuer schüchtern.

»Nein, nein, ganz im Gegenteil«, versicherte Themistokles. Er versuchte wieder den Splitter einzupassen.

»Dürfte ich dann vielleicht darum bitten, dass …«

»Ja, schon gut!«, unterbrach ihn Themistokles unwillig. »Dein Hausarrest ist aufgehoben!«

»Aber ich hatte doch gar keinen …«, begann Feuer verdutzt. Der Splitter entglitt Themistokles' Fingern und fiel auf den Schreibtisch, und Themistokles hatte im ersten Moment Mühe, ihn in dem Durcheinander überhaupt wieder zu finden.

»So, hattest du nicht?«, fragte er abwesend. »Dann solltest du jetzt wirklich gehen, bevor ich es mir anders überlege.«

Feuer schluckte hörbar, sah Themistokles noch einen Moment lang verdattert an und hatte es dann plötzlich sehr eilig, sich zu trollen. Themistokles überzeugte sich nicht einmal davon, dass er wirklich gegangen war, sondern konzentrierte sich vollständig darauf, die winzige Glasscherbe wieder an ihren angestammten Platz zu puzzeln – eine Aufgabe, die sein ganzes Geschick und jeden magischen Trick beanspruchte, den er kannte. Er brauchte bestimmt zehn Minuten dazu und war am Ende vollkommen erschöpft, aber schließlich hatte er es geschafft: Die Scherbe war an Ort und Stelle. Noch ein letztes magisches Fingerschnippen und es war nicht einmal mehr der winzigste Kratzer zu sehen.

Zufrieden mit seiner Arbeit ließ sich Themistokles im Stuhl zurücksinken, seufzte tief – und sprang im nächsten Moment so erschrocken hoch, dass sein Stuhl umkippte und die Lehne in Stücke brach!

Die Zauberkugel war wieder zum Leben erwacht, aber diesmal wirbelten keine Farben und bunten Lichtblitze in ihrem Inneren. Vielmehr spazierten winzig kleine … *Gestalten* daraus hervor.

Aber was für Gestalten!

Selbst Themistokles, der geglaubt hatte, jede Spielart magischer Erscheinungen bereits zu kennen, hatte so etwas noch nicht gesehen …

Die größte von ihnen war vielleicht so groß wie Themistokles' Daumen und nicht eine glich der anderen. Da waren Käfer, Elfen, Miniaturdrachen und zu groß geratene Schnecken, Zwerge und Kobolde, einmal sogar eine Spinne, die eine übergroße Brille mit gleich acht Gläsern auf der Nase trug. In einer schier endlosen Reihe traten sie aus der Zauberkugel heraus, marschierten über den Schreibtisch und an seinem Bein hinunter, um schließlich in dem Chaos auf dem Fußboden zu verschwinden.

»Aber was ist denn *das?*«, ächzte Themistokles. Vollkommen fassungslos starrte er die groteske Prozession an, die sich aus der Zauberkugel ergoss und irgendwo am anderen Ende des Zimmers aus seinem Blickfeld verschwand.

Hätte er sich in diesem Moment umgedreht, dann hätte er vielleicht gesehen, dass Feuer keineswegs gegangen war, sondern draußen auf dem Flur saß und neugierig zu ihm hereinspähte.

Und vielleicht wäre ihm sogar das gehässige Grinsen auf dem Gesicht des jungen Drachen aufgefallen …

Spionage mit Folgen

»Das ist doch wieder mal typisch Biene!«, schimpfte Tanja, als sie hereinkam und die Tür so heftig hinter sich zupfefferte, dass das ganze Zimmer zu wackeln schien. »Das macht die doch mit Absicht! Das ist ihre Rache für gestern, da bin ich sicher!«

»Aha«, sagte Rebekka und warf einen raschen Blick zur Tür, die Tanjas bühnenreifen Auftritt halbwegs unversehrt überstanden hatte. Sie war nicht die Einzige, die unter den Launen ihrer Zimmergenossin zu leiden hatte. Seit Tanjas Computer kaputt war, war sie unausstehlich.

»Und *was* macht sie mit Absicht?«, fragte Rebekka vorsichtig.

»Biene!«, zischte Tanja. In ihren Augen blitzte es auf, sodass Rebekka schon fürchtete, ihr Zorn könnte sich nun in Ermangelung eines anderen Opfers auf sie entladen. »Sie hat eine Überraschungsklausur angesetzt. Für heute!«

»Was?«, ächzte Rebekka. »Warum? Worüber?«

»Thema unbekannt«, antwortete Tanja böse. »Irgendwas über das Spätmittelalter, das ist alles, was am schwarzen Brett steht. Und weißt du, was das Beste ist? Es geht in zwanzig Minuten los!«

»Aber das … das kann sie doch nicht machen …«, murmelte Rebekka erschrocken. Ausgerechnet das Spätmittelalter? Das war ein Thema, das ihr nun so gar nicht lag.

»Du siehst doch, dass sie es kann!«, maulte Tanja. Ihr Blick irrte unstet durch das Zimmer und blieb an ihrem Laptop hängen, der aufgeklappt auf dem Schreibtisch stand. Durch das Heftpflaster auf dem Monitor, dachte Rebekka, sah es ein bisschen so aus, als ob ihr der Apparat die Zunge herausstreckte.

»Aber durch diese Rechnung mache ich ihr einen kräftigen Strich!«, erklärte Tanja plötzlich.

»Was hast du vor?«, fragte Rebekka alarmiert. Wenn sich in Tanjas Stimme dieser ganz bestimmte Ton einschlich, dann hatte das im Allgemeinen nichts Gutes zu bedeuten.

Tanja antwortete auch gar nicht, sondern ging zum Schreibtisch, schaltete den Computer ein und begann an der Telefonbuchse herumzufummeln. Nachdem sie Laptop und Buchse mit einem Kabel verbunden hatte, setzte sie sich und ihre Finger flogen so schnell über die Tasten, dass sie zu verschwimmen schienen. Rebekka versuchte erst gar nicht zu verstehen, was sie da tat. Aber sie stellte eine entsprechende Frage.

»Biene ist nicht die Einzige, die ein paar hinterhältige Tricks auf Lager hat«, verkündete Tanja mit einem gehässigen Grinsen. Das ungute Gefühl in Rebekka verstärkte sich.

»Und was genau *tust* du da jetzt?«, fragte Rebekka.

Tanjas Finger flogen weiter über die Tastatur. »Ich hacke.«

»Ja, das sieht man. Ich meine ja auch …« Rebekka brach ab und sog scharf die Luft zwischen den Zähnen ein. »Du tust *was?!*«, keuchte sie.

»Ich hacke mich in den Hauptrechner der Schule ein«, antwortete Tanja. »Wetten, dass ich die Fragen dort finde?«

»Aber das kannst du doch nicht machen!«

»Natürlich kann ich das«, erwiderte Tanja. Sie drückte noch eine Taste und auf dem mit Heftpflaster geklebten Monitor erschien das Wappen von Drachenthal. »Siehst du, schon passiert.«

»Das meine ich nicht«, sagte Rebekka. »Das … das ist illegal. Du wirst gewaltigen Ärger kriegen!«

»Nur wenn ich erwischt werde«, entgegnete Tanja lässig. »Außerdem suche ich ja nicht nach den Antworten. Nur nach den Fragen.« Ihre Finger huschten wieder über die Tastatur. »Siehst du – da sind sie schon!«

Rebekka hatte ernsthafte Zweifel, ob Frau Bienenstich für solcherlei Haarspaltereien besonders empfänglich war. Dennoch beugte sie sich vor und warf einen neugierigen Blick auf den Monitor, auf dem jetzt eine Liste von Fragen erschienen war.

»Wenn dich dein Gewissen plagt, musst du ja nicht hinsehen«, meinte Tanja.

Rebekkas Gewissen plagte sie tatsächlich – aber so sehr nun auch wieder nicht. Sie schnitt Tanja eine Grimasse, las die Fragen aber trotzdem aufmerksam durch und prägte sie sich ein, so gut sie konnte.

»Die Antworten auch?«, fragte Tanja. Ihr Zeigefinger schwebte zum Zustoßen bereit über einer der Tasten.

Die Verlockung war wirklich groß. Schon die *Fragen* bereiteten Rebekka tiefes Unbehagen. Die Geschichte des späten Mittelalters war wirklich nicht ihr Lieblingsfach. Trotzdem schüttelte sie nach kurzem Zögern den Kopf. »Lieber nicht.«

Tanja wirkte ehrlich enttäuscht – aber zu Rebekkas Überraschung drückte sie die Taste nicht, sondern seufzte nur einmal tief, klappte den Computer zu und zog den Stecker aus der Telefondose. Dann sah sie auf die Uhr. »Schnell jetzt«, drängte sie. »Wir haben noch eine Viertelstunde!«

Und die brauchten sie auch. Mit vereinten Kräften verwüsteten sie das Zimmer völlig, indem sie sämtliche Geschichts- und Schulbücher von den Regalen nahmen und hastig durchblätterten, um die Antworten auf die Fragen zu finden, die ihnen der Computer verraten hatte. Als sie fertig waren, hatte Rebekka das Gefühl, sogar die Hälfte der *Fragen* schon wieder vergessen zu haben, aber die Zeit reichte nicht, noch einmal nachzuschlagen.

Sie reichte gerade so, dass sie es pünktlich zu der Klausur schafften, die Biene so kurzfristig angesetzt hatte. Rebekka und Tanja waren die Letzten, die die Klasse betraten und ihre Plätze ansteuerten. Alle anderen Schülerinnen und Schüler saßen schon da, die meisten mit ziemlich missmutigen Gesichtern; ein paar auch mit ziemlich *besorgten*. Ganz offensichtlich war es also nicht nur Rebekka, der das Thema der Überraschungsklausur nicht lag.

Die Einzige, die fehlte, war Biene.

Rebekka und Tanja nahmen nebeneinander und in der gleichen Sekunde Platz, in der die Schulglocke mit einem schrillen Laut den Beginn der Schulstunde verkündete, aber der Platz hinter dem Lehrerpult blieb leer. Fünf Minuten lang. Dann zehn. Und schließlich eine Viertelstunde.

Die Klasse war mittlerweile ziemlich unruhig geworden. Die meisten Schüler saßen schon lange nicht mehr auf ihren Plätzen, Papierkugeln flogen hin und her (manchmal auch ein Schuh), und wer sich nicht an dem allgemeinen Tumult beteiligte, der blätterte nervös in einem Buch. Und vermutlich wäre das Chaos noch größer geworden, wäre nicht endlich die Tür aufgegangen und Biene doch noch erschienen.

Sie machte einen einzelnen Schritt in die Klasse hinein, blieb wie vom Donner gerührt stehen und riss fassungslos die Augen auf. »Was ist denn hier los?«, keuchte sie.

Rebekka wurde in der nächsten Sekunde Zeugin einer einmaligen wissenschaftlichen Entdeckung: Etliche Schüler mussten das Beamen erfunden haben, denn sie entmaterialisierten sich regelrecht, um im gleichen Sekundenbruchteil auf ihren Stühlen wieder aufzutauchen, und auch die anderen erreichten annähernd Schallgeschwindigkeit beim Rücksturz zu ihren Plätzen. Schlagartig wurde es mucksmäuschenstill.

»Ich wiederhole mich ja nur ungern«, rief Biene. »Aber was ist hier los? Was tut ihr hier?«

»Wir warten auf Sie«, antwortete Rebekka.

»Wegen der Überraschungsklausur«, sagte Tanja.

»Sie kommen zu spät«, fügte Samantha hinzu.

Bienes Gesicht war ein einziges Fragezeichen. »Wovon sprecht ihr überhaupt?«, fragte sie. »Der Unterricht ist längst zu Ende. Ich bin nur gekommen, um meine Tasche zu holen. Was für eine Überraschungsklausur?«

»Die Sie angesetzt haben«, erklärte Tanja.

»So etwas würde ich nie tun«, erwiderte Biene. »Nicht so kurzfristig. Das lässt die Schulordnung gar nicht zu.«

»Steht aber am schwarzen Brett«, beharrte Sam. »Das haben wir alle gesehen.«

Zustimmendes Gemurmel wurde laut, das Biene aber mit einer energischen Handbewegung zum Verstummen brachte. Ihr strenger Blick tastete über die Gesichter der versammelten Schüler und blieb dann unangenehm lange auf dem Tanjas haften. Schließlich deutete sie nacheinander auf sie, Rebekka und Samantha. »Ihr drei kommt mit«, schnappte Biene. »Die anderen gehen auf ihre Zimmer zurück. Wir klären das auf der Stelle.«

Die drei Mädchen folgten Biene die Treppe hinunter, während die übrigen Schüler ihre Sachen zusammenpackten und ihrem Unmut mehr oder weniger lautstark Luft machten; womit sie aber vorsichtshalber erst begannen, als Biene schon aus dem Zimmer war.

Die Schulglocke schrillte, als sie den halben Weg nach unten zurückgelegt hatten. Rebekka sah überrascht hoch und auch Biene warf einen stirnrunzelnden Blick auf die Uhr. Die Glocke hatte eindeutig den falschen Zeitpunkt erwischt und das war sehr, wirklich sehr ungewöhnlich.

Unten in der großen Halle angekommen steuerte Biene in scharfem Tempo die große Anschlagtafel an, die alle das schwarze Brett nannten, obwohl sie in Wirklichkeit hellgrau war, und an der Nachrichten und Mitteilungen mit kleinen Magneten befestigt wurden.

»Sehen Sie?«, rief Tanja. »Da steht es doch!«

Sie deutete fast triumphierend auf ein DIN-A4-großes Blatt, auf dem handschriftlich die Klausur angekündigt war, samt Uhrzeit, Thema und Klassenraum. Biene warf einen langen, ärgerlichen Blick darauf. »Das ist nicht meine Handschrift«, sagte sie. Ihr Blick verfinsterte sich noch mehr. »Anton!«

Die Schulglocke meldete sich erneut zur Unzeit, als sie sich mit einem Ruck herumdrehte und die altmodische Theke ansteuerte, hinter der Antons angestammter Platz war. Im Moment war allerdings nichts von ihm zu sehen. Die Theke war leer bis auf den Monitor des Computers, mit dem sogar Anton, Hausmeister, Schuldiener, Chauffeur und Mädchen für alles in einer Person, seit einer Weile seine Arbeit organisierte.

»Anton!«, rief Biene streng.

Antons fast kahler Schädel tauchte hinter der Theke auf, als hätte er dahinter auf dem Boden gelegen. »Frau Bienenstich!«, sagte er verdattert. »Was …?«

»Was«, unterbrach ihn Biene und begann fast drohend mit dem Zettel herumzufuchteln, den sie vom schwarzen Brett gerissen hatte, »ist das, Anton? Das ist doch eindeutig Ihre Handschrift!«

»Das stimmt«, meinte Anton, ohne auch nur einen Blick auf das Blatt geworfen zu haben. »Sie haben mir doch die Anweisung gegeben, die Klausur anzusetzen!«

»Ich?«, empörte sich Biene. »Wann soll ich das gesagt haben?«

»Gesagt gar nicht.« Anton tippte gegen den Monitor. »Es kam über den Computer. Direkt über das hauseigene Strickwerk.«

»Netzwerk«, verbesserte ihn eine seltsam vernuschelt klingende Stimme auf der anderen Seite der Theke. »Es heißt Netzwerk. Aber im Moment würde ich dem Kasten nicht unbedingt trauen. Da ist irgendwo der Wurm drin.« Das Gesicht eines jungen Mannes, der einen Schraubenzieher in der rechten Hand und die dazu passenden Schrauben zwischen den Lippen hatte, tauchte hinter der Theke auf. »Aber keine Sorge, ich kümmere mich schon darum.«

»Wer sind Sie denn?«, fragte Biene.

Bevor der junge Mann antworten konnte, erklärte Anton fast hastig: »Das ist Herr Ommermann, der Techniker, den ich gerufen habe, um nach dem Computer zu sehen.«

»Was stimmt denn damit nicht?«, erkundigte sich Biene misstrauisch. Auch Tanja runzelte die Stirn, während Samantha irgendwie … zufrieden aussah, fand Rebekka.

»Das vermaledeite Ding spielt vollkommen verrückt«, antwortete Anton verdrießlich. »Ich habe ja immer gesagt, dass dieser neumodische Firlefanz nichts taugt, aber auf mich hört ja niemand.«

»Was genau meinen Sie damit, er spielt verrückt?«, fragte Biene. Sie ging um die Theke herum, und da sie es nicht ausdrücklich verboten hatte, folgten ihr die drei Mädchen.

»Na zum Beispiel die Glocke«, erklärte Anton. »Sie klingelt, wann immer sie will. Nur nicht dann, wenn sie soll. Früher, als ich sie von Hand eingestellt habe, hat sie pünktlich auf die Sekunde geklingelt. Aber heute wird ja alles vom Computer gesteuert und Sie sehen, was Sie davon haben. Nichts als Chaos! Die ganzen Stundenpläne sind durcheinander oder gleich ganz weg.«

»Stimmt das?«, wandte sich Biene erschrocken an den Techniker.

Herr Ommermann hob die Schultern. »Ich fürchte, es ist noch viel schlimmer«, gestand er. »Wenn ich es nicht besser wüsste, dann würde ich sagen, jemand hat dem System einen Virus verpasst.«

»Einen was?«, fragte Biene verständnislos.

»Einen Computervirus.« Tanja kam dem Techniker mit der Antwort zuvor. »Das ist ein Programm, das sich wie eine Krankheit verhält. Es macht nach und nach alle anderen Programme kaputt und wirkt sogar ansteckend.«

Bienes Blick wurde immer skeptischer. »Ist das wahr?«, wandte sie sich an den Techniker.

»Deshalb nennt man es Virus«, bestätigte der junge Mann. »Aber eigentlich kann niemand an dieses Netzwerk heran. Es sei denn, Sie haben jemandem das Passwort verraten.«

»Das kenne nur ich«, sagte Biene überzeugt. Etwas leiser fügte sie hinzu: »Und Anton.«

»Ich habe niemandem etwas verraten«, sagte Anton erschrocken.

Täuschte sich Rebekka oder sah Biene Tanja einen Moment lang sehr nachdenklich an?

»Wir werden das schon wieder hinkriegen«, versprach der Techniker. Er wandte sich dem Computer zu, der halb aufgeschraubt hinter der Theke auf einem Tisch stand. »Nur keine Sorge. Der Bug, den ich nicht knacke, ist noch nicht programmiert worden.«

»Bug?«, wunderte sich Biene. »Heißt das nicht Käfer?«

»So nennt man auch Fehler in Computerprogrammen«, erklärte Tanja schnell. Rebekka war nicht sicher, ob das so klug von Tanja gewesen war, denn Biene sah sie erneut und noch nachdenklicher an.

Sie wollte gerade eine entsprechende Bemerkung machen, als ihr eine Bewegung auf der anderen Seite des aufgeschraubten PCs auffiel. Neugierig ging sie hin – und riss mit einem halblauten Keuchen die Augen auf.

Die Bugs, von denen Tanja gesprochen hatte, mochten ja lediglich Computerprogramme sein, aber unmittelbar vor Rebekkas Füßen quoll eine ganze Armee *echter* Käfer aus dem PC! Dicke, fette, sechsbeinige Käfer mit wippenden Antennen und schimmernden Panzern. Und sie kamen nicht nur aus einem Computer, sie benahmen sich auch ganz und gar nicht wie normale, ziellos herumwuselnde Käfer, sondern sie marschierten diszipliniert und präzise wie Soldaten in einer Reihe aus dem Computergehäuse und verschwanden schnurstracks unter der Theke.

»Was hast du denn, mein Kind?«, fragte Biene, trat neben sie und schlug mit einem erschrockenen Laut die Hand vor den Mund. »Igitt!«, keuchte sie. »Das ist ja ekelhaft!«

Auch Herr Ommermann beugte sich vor und zog überrascht die Augenbrauen zusammen. »Na, da haben wir ja vielleicht schon des Rätsels Lösung«, meinte er. »Aber ich fürchte, hier brauchen Sie eher einen Kammerjäger als einen Techniker.«

Biene schien das ganz und gar nicht komisch zu finden, denn sie wurde noch blasser. »Anton!«

»Aber ich versichere Ihnen, Frau Bienenstich …«, begann Anton.

Rebekka hörte gar nicht mehr hin. Während sowohl Tanja als auch Sam mit unverhohlener Schadenfreude zusahen, wie Biene den armen Anton gründlich zusammenfaltete, warf sie einen sehr langen, sehr nachdenklichen Blick in Samanthas Gesicht.

Sie sah äußerst zufrieden aus, fand Rebekka.

Kalte Treter

Themistokles hatte den Unterricht am folgenden Tag dann doch nicht ausfallen lassen, aber es war ihm sehr schwer gefallen, den Tag zu überstehen. Zum ersten Mal, seit er den Posten als Direktor der Universität angetreten hatte, war er zu spät gekommen, und auch daran, jemals so viele Fehler gemacht zu haben, konnte er sich nicht erinnern. Während der großen Pause war er sogar eingeschlafen, und hätte Kjuub ihn nicht unauffällig geweckt, hätte er den Rest des Tages vermutlich schnarchend in seinem Stuhl zugebracht.

Jetzt stand nur noch eine Stunde auf dem Plan, der nicht nur Themistokles mit gemischten Gefühlen entgegensah. Dabei lag es bestimmt nicht nur an seinem Alter, dass er den Sportunterricht in Drachenthal noch nie besonders gemocht hatte. Nein, dieses Fach hatte sich auch bei seinen Vorgängern keiner besonderen Beliebtheit erfreut. Wie sollte man auch gut hundert (noch dazu magisch begabte) Rabauken ausgerechnet in diesem Fach unterrichten, wo doch praktisch keiner seiner Zöglinge aussah wie der andere? Was dem einen ein Leichtes war, das musste für den anderen schier unmöglich sein. Allein ihre Größe variierte von Winzlingen wie Scätterling bis hin zu tonnenschweren *Kindern* wie Feuer und den anderen jungen Drachen. Nicht einmal die Anzahl der Beine war bei allen gleich!

»Plagen Euch Sorgen, Meister Themistokles?« Kjuubs grollende Stimme riss Themistokles aus seinen Gedanken.

Er unterdrückte ein Gähnen und schüttelte zugleich den Kopf. »Nein, ich bin nur etwas müde. Es war eine lange Nacht.«

»Ich verstehe«, sagte Kjuub kleinlaut. »Habt Ihr ... die Zauberkugel wieder reparieren können?«

»Überhaupt kein Problem«, behauptete Themistokles großspurig. Die Turnhalle füllte sich allmählich mit Schülern, aber es waren noch lange nicht alle da. Trotzdem begann sich schon wieder das übliche Chaos auszubreiten. »Ihr braucht euch wirklich keine Vorwürfe zu machen. Es war nicht eure Schuld. Und die Zauberkugel funktioniert prima.« Er musste schon wieder gähnen. »Wie geht es Scätterling?«

»Oh, die ist i... i... i... i... in O... o... o... o... ordnung«, antwortete der Zwerg, wobei er Scätterlings Stottern übertrieben nachahmte. »Sie bügelt nur noch immer ihre Flügel, glaube ich.« Er sah Themistokles nun mit unverhohlener Sorge an. »Wollt Ihr die Stunde nicht lieber ausfallen lassen, Meister Themistokles? Ihr seht wirklich nicht gut aus.«

»Danke für das Kompliment«, maulte Themistokles. Er schüttelte heftig den Kopf und blickte sich dabei abermals um. Mittlerweile waren alle Schüler eingetroffen, was nichts anderes hieß, als dass sich Themistokles von einer wild durcheinander wuselnden Bande pfeifender, knurrender, piepsender, hüpfender, staksender, flügelschlagender und kriechender Geschöpfe umgeben sah. Seine

Hoffnung, die kommende Stunde halbwegs würdevoll hinter sich zu bringen, sank. Trotzdem sagte er: »Ich habe da auch schon eine Idee.«

Er klatschte in die Hände, um sich Gehör zu verschaffen, aber ebenso gut hätte er auch versuchen können, einen ausgewachsenen Orkan zu übertönen. Themistokles dachte einen Moment über den passenden Zauberspruch nach, klatschte wieder in die Hände – und diesmal donnerte der Laut wie ein Kanonenschuss durch die Halle. Es wurde schlagartig still.

»Für heute habe ich mir etwas Besonderes ausgedacht«, begann Themistokles. Auch seine Stimme war magisch verstärkt, sodass die Worte wie Donnergrollen durch die Turnhalle rollten. Vielleicht etwas zu laut, denn Themistokles sah, wie einige der empfindlichen Zauberwesen zusammenfuhren. Ein paar hielten sich sogar die Ohren zu. Er korrigierte seinen Zauber, damit seine Stimme wieder etwas leiser wurde.

»Wir spielen heute ein Spiel aus der Menschenwelt.«

Diesmal verzogen schon mehr Schüler das Gesicht. Seine Stimme war deutlich *lauter* geworden, nicht leiser. Themistokles stutzte, dachte noch einmal über den richtigen Spruch nach und fuhr fort: »Es heißt …«

Erschrocken brach er ab. Die ganze Halle wackelte, so laut war seine Stimme geworden. Staub rieselte von den Dachbalken hoch über ihren Köpfen und sogar Themistokles selbst klingelten die Ohren. Was war nur mit ihm los? Ein so einfacher Zauber durfte ihm nicht misslingen!

»Ist alles in Ordnung, Meister Themistokles?«, erkundigte sich Kjuub beunruhigt.

Themistokles hob nur besorgt die Schultern. »Vielleicht machst du besser weiter«, flüsterte er, wobei er vorsichtshalber die Hand vor den Mund hielt. Trotzdem waren seine Worte vermutlich noch auf der anderen Seite des Tales zu hören. Gleichzeitig griff er unter seinen Mantel und reichte dem Zwerg ein schmales, bunt bedrucktes Buch.

Kjuub nahm den Band stirnrunzelnd entgegen und versuchte den Titel zu entziffern. Lesen war nicht unbedingt seine starke Seite. »Coole Kicker?«, fragte er verwirrt.

Feuer kam herangetrottet und warf einen neugierigen Blick auf das Buch. »In der Sprache der Menschen heißt das so viel wie kalte Treter«, sagte er nachdenklich. Dann rief er: »He, Leute, wir spielen heute *kalte Treter!*« Er riss Kjuub kurzerhand das Buch aus der Hand. »Zeig her!«

Kjuub warf Themistokles einen Beistand heischenden Blick zu, aber der Zauberer stand immer noch völlig hilflos da und zerbrach sich den Kopf über den richtigen Zauberspruch. Er war ganz sicher, nichts falsch gemacht zu haben!

»He, das ist ja ganz leicht!«, rief Feuer, nachdem er das Buch flüchtig durchgeblättert hatte. »Wir brauchen zwei Mannschaften!« Sofort bildeten die Schüler zwei ungleich große und vollkommen unterschiedlich zusammengesetzte Mannschaften. »Und jetzt zwei Tore.« Das war schwieriger, aber indem sie kurzerhand einen Teil der Einrichtung zerlegten, improvisierten die Schüler zwei Gebilde, die mit einiger Fantasie als Tore durchgehen mochten.

Themistokles konzentrierte sich weiter auf den richtigen Spruch und riskierte es schließlich. »Also gut, es scheint ja wieder alles in Ordnung zu sein«, sagte er.

Nur dass man keinen Laut hörte.

Themistokles versuchte es wieder, aber er brachte nicht einmal ein Flüstern heraus. Seine Stimme war einfach weg.

»Die Regeln sind ganz einfach«, rief Feuer, der sich offensichtlich soeben selbst zum Ersatzlehrer erklärt hatte. »Jede Mannschaft beschützt ihr Tor. Die rote Mannschaft – also die, in der ich bin und die gewinnen wird – stürmt das blaue Tor und umgekehrt.«

»Und warum?«, krähte eine Stimme.

Feuer stutzte, kratzte sich am Kopf und blätterte dann wieder in seinem Buch. Themistokles hätte gerne etwas dazu gesagt, aber er brachte kein Wort heraus. »Ah ja, richtig!« Feuer lachte erfreut und dabei entschlüpfte ihm ein Feuerstoß. Das Buch ging in Flammen auf, aber Feuer hatte anscheinend genug gelesen. »Man versucht den Ball in das gegnerische Tor zu schießen. Ist ziemlich egal wie, glaube ich.«

»Was für einen Ball?«, rief einer der Schüler.

»Wir haben keinen«, pflichtete ihm ein anderer bei.

»Das stimmt«, gestand Feuer und kratzte sich abermals am Kopf. Dann hellte sich sein Gesicht auf. »Oder vielleicht doch?«

Themistokles begriff einen winzigen Moment zu spät, was Feuers hämisches Grinsen zu bedeuten hatte. Kjuub konnte noch ein erschrockenes Quieken ausstoßen, dann holte Feuer auch schon aus und kickte ihn in hohem Bogen davon. Themistokles machte eine erschrockene Bewegung, um den Flug des Zwerges aufzuhalten, und das hätte er vielleicht besser nicht getan, denn diesmal ließen ihn seine Zauberkräfte keineswegs im Stich – aber sie taten auch ganz und gar nicht das, was er wollte.

Ein Schauer hellblauer, tanzender Funken stob aus seinen Fingerspitzen. Die meisten verpufften einfach (kein einziger traf Kjuub, der weiter durch die Luft flog, bis er unsanft auf den Boden zurückplumpste), aber die, die ihr Ziel trafen, hatten eine ganz erstaunliche Wirkung: Etliche

Schüler verloren plötzlich den Boden unter den Füßen und schwebten heftig zappelnd ein gutes Stück in die Höhe. Die meisten sanken rasch wieder zu Boden, aber ein knorriger Felsentroll blieb mit verdutztem Gesicht ungefähr anderthalb Meter über dem Boden in der Luft hängen. Feuer ließ ein triumphierendes Trompeten hören, spurtete los und versetzte ihm einen gewaltigen Schwanzhieb. Der Troll kreischte und flog mit solcher Wucht über die Köpfe seiner Mitspieler ins Tor, dass dieses krachend zusammenbrach.

»Tor!«, brüllte Feuer.

»Das war nicht der Ball!«, beschwerte sich einer der Spieler aus der gegnerischen Mannschaft.

»Das Spiel heißt kalte Treter und nicht kalte Schwänze!«, brüllte ein anderer, und der Troll, der sich leicht benommen aus den Trümmern des Tores erhob, fügte noch hinzu: »Aber … aber ich gehöre doch zu deiner Mannschaft!«

»Na und?«, fragte Feuer. »Drin ist drin!«

Und schon ging die schönste Keilerei los. Die gegnerische Mannschaft war nicht geneigt, diesen offensichtlichen Regelverstoß hinzunehmen, aber natürlich bestand Feuer auf den Punkt und das Ergebnis war eine gewaltige Prügelei, die vielleicht noch den ganzen Tag angedauert hätte, wenn Themistokles nicht rasch einen weiteren Zauberspruch gemurmelt hätte (seine Stimme funktionierte wieder), um das Chaos damit zu beenden. Die hundert Streithähne erstarrten mitten in der Bewegung zur Salzsäule.

Der Einzige, den der Zauber verschont hatte, war Kjuub. Der Zwerg tauchte unter dem wie eingefroren wirkenden Arm eines Kobolds hindurch, der gerade nach ihm hatte greifen wollen – und das sicherlich nicht mit den allerbesten Absichten –, und streckte dem erstarrten Kobold die Zunge raus, was dieser natürlich nicht bemerken konnte. Ansonsten schien Kjuub es eher gelassen zu nehmen, dass das Spiel zur Schlägerei ausgeartet war, und Themistokles machte sich auch keine allzu großen Sorgen um ihn. Trotz ihrer geringen Größe waren Zwerge unglaublich zäh. Es war beinahe unmöglich, ihnen ernsthaft wehzutun.

»Glaubt Ihr, dass das wirklich eine gute Idee war, Meister Themistokles?«, fragte er.

»Das Spiel?« Themistokles hob die Schultern, erleichtert darüber, dass seine Stimme nicht mehr das ganze Gebäude zum Wackeln brachte. »Die Menschen spielen es gerne.«

»Das meine ich nicht.« Kjuub deutete auf die anderen Schüler und Themistokles sah genauer hin und erschrak bis ins Mark. Er hatte vorgehabt, sie mit einem harmlosen Lähmungszauber zu belegen, aber nun sah er, dass er die gesamte Schülerschaft *in Stein* verwandelt hatte. Vor ihm standen hundert lebensgroße Granitfiguren, unter deren Gewicht sich der hölzerne Fußboden bereits bedrohlich durchzubiegen begann.

»Ich hoffe doch, Ihr könnt das wieder rückgängig machen«, sagte Kjuub.

Unter normalen Umständen wäre diese Bemerkung

eine schwere Beleidigung gewesen. Aber Themistokles war plötzlich gar nicht mehr so sicher, dass er es konnte. Immerhin hatte ihn seine Zauberkraft jetzt schon ein paarmal im Stich gelassen. Er versuchte es.

Das Ergebnis war … nein, das wollte Themistokles lieber gar nicht sehen. Hastig murmelte er einen weiteren Zauberspruch, dann noch einen und noch einen und noch einen, und endlich, nach dem zehnten oder zwölften Versuch, hatte er den Großteil des angerichteten Schadens rückgängig gemacht und die Schüler erwachten einer nach dem anderen wieder aus ihrer Erstarrung. Die meisten wenigstens.

»He, Themistokles!«, brüllte Feuer. »Kalte Treter ist ein klasse Spiel! Weiter, Leute! Es steht zwei zu null für uns!«

»Wieso zwei zu null?«, brüllte einer aus der anderen Mannschaft. »Das war nur ein Tor!«

»Ein Troll zählt so viel wie zwei Zwerge«, antwortete Feuer. »Mindestens!«

Themistokles hatte Mühe, weiter zuzuhören. Er war zutiefst schockiert und ganz langsam schlich sich so etwas wie echte Angst in sein Herz. Was war nur mit seinen Zauberkräften los?

Derweil ging das Spiel fröhlich weiter und es machte den Schülern offensichtlich großen Spaß – auch wenn es etlichen nur als Vorwand zu dienen schien, sich wie die Kesselflicker zu prügeln.

»Aber was ist denn nur los mit Euch, Meister Themistokles?«, fragte Kjuub.

»Meine Magie«, antwortete Themistokles hilflos. »Irgendetwas … stimmt mit meiner Magie nicht. Sie gehorcht mir nicht mehr.«

»Ich will Euch ja nicht zu nahe treten, Meister Themistokles«, sagte Kjuub unbehaglich. »Aber Ihr habt schon öfter …«

Themistokles brachte ihn mit einem eisigen Blick zum Schweigen.

Das Spiel war mittlerweile wieder in vollem Gange. Die blaue Mannschaft hatte das Tor wieder aufgebaut und als Vorsichtsmaßnahme gegen einen weiteren Treffer einen riesigen Troll davor platziert, dessen Schultern ein gutes Stück breiter waren als das Tor selbst. Aber auch Feuers Mannschaft war nicht untätig geblieben: Die riesige Spinne, die zu Feuers Bande gehörte, war emsig dabei, ein engmaschiges Netz zu spinnen, das das Tor zuverlässig verschloss.

»Das ist unheimlich«, sagte Themistokles. »Irgendetwas stimmt mit der ganzen Magie hier nicht.«

»Genau«, bestätigte Kjuub. »Und zwar seit die Zauberkugel zerbrochen ist. Aber ich habe geglaubt, Ihr hättet sie repariert.«

»Das habe ich auch«, erwiderte Themistokles. Er dachte angestrengt nach. Da *war* etwas gewesen, vergangene Nacht, kurz bevor die sonderbaren Gestalten aus der Zauberkugel gekommen waren. Aber es wollte ihm einfach nicht einfallen!

Ein gewaltiges Johlen verkündete ein weiteres Tor. Anscheinend hatten sich beide Mannschaften darauf geeinigt, nicht mehr jeden Mitspieler durch die Gegend zu pfeffern, der ihnen gerade vor die Füße – oder die Schwänze – kam, sondern nur noch den Felsentroll als Ball zu benutzen; wahrscheinlich um weiteren Regeldiskussionen vorzubeugen. Während die blaue Mannschaft in aller Hast ihr Tor wieder aufbaute, brüllte Feuer triumphierend: »Sechs zu null!«

»Wieso sechs? Es war doch erst der zweite Treffer!«, krähte jemand.

»Aber er ist zweimal mit dem Kopf aufgeschlagen«, donnerte Feuer zurück. »Das gilt doppelt.«

»Ich muss in die Bibliothek«, murmelte Themistokles. »Ich muss etwas nachschlagen. Die Sache beginnt mir Angst zu machen.«

Als er sich umdrehte um zu gehen, erscholl ein gewaltiges Krachen und Feuer schrie lauthals: »Zwölf zu null! Meister Themistokles, *kalte Treter* ist wirklich ein tolles Spiel!«

»Wieso zwölf?«, kreischte eine empörte Stimme. »Du hast ja nicht einmal getroffen!«

»Steht aber so in den Regeln!«, behauptete Feuer.

»Die sind doch verbrannt!«, brüllte jemand stinksauer.

»Ja eben«, sagte Feuer ungerührt. »Deswegen bekommt die rote Mannschaft automatisch einen Punkt, wenn sie dreimal daneben schießt.«

»Ach, und wieso willst du dann gleich *sechs* Punkte haben?«

»Weil heute Dienstag ist«, meinte Feuer patzig.

Und das war eindeutig zu viel. Hinter Themistokles ging die Keilerei weiter, als wäre sie niemals unterbrochen worden, aber diesmal hütete er sich einzugreifen.

Sintflut im ersten Stock

Wenn Rebekka gehofft hatte, die Sache wäre damit erledigt, so sah sie sich getäuscht. Biene wartete zwar, bis der Techniker den Computer gründlich inspiziert und von allen sechsbeinigen Bewohnern gesäubert und dann wieder zusammengeschraubt hatte, dann jedoch befahl sie Rebekka, Tanja und Samantha in einem Ton, der nichts Gutes verhieß, in ihr Büro zu gehen und dort auf sie zu warten.

Der Raum lag im ersten Stock des großzügig geschnittenen Gebäudes, und obwohl er sehr freundlich eingerichtet war, verbanden doch die meisten Zöglinge des Internats damit eher schlechte Erinnerungen – was zweifellos daran lag, dass Biene ihre Schutzbefohlenen in der Regel hierher zitierte, wenn es etwas Unangenehmes zu besprechen gab.

Heute, das spürte Rebekka, würde etwas *ganz besonders Unangenehmes* auf der Tagesordnung stehen. Das bewies allein schon die Tatsache, dass auch Samantha dabei war. Jeder in Schloss Drachenthal – und erst recht Biene – wusste, dass Samantha und Rebekka so etwas wie Todfeinde waren. Nein, sie hatte ganz und gar kein gutes Gefühl.

Tanja offensichtlich auch nicht, denn kaum waren sie allein, da fuhr sie Samantha an: »Was hast du jetzt schon wieder gemacht?«

»Ich?« Samantha spielte schon fast oscarverdächtig das Unschuldslamm.

»Tu nicht so!«, schnappte Tanja. »Du hast gequatscht.«

»Aber worüber denn?«, fragte Samantha lächelnd. »Darüber, dass du und deine kleine Freundin euch aufführt, als würde euch das Internat gehören?« Sie schüttelte den Kopf, aber ihr Lächeln schien plötzlich so kalt wie das einer Schlange, die ihre Beute zu hypnotisieren versuchte. »Oder etwa darüber, dass ich seit Jahren versuche, das Geheimnis dieses Ortes zu lüften, und kurz davor stand, als ihr beiden gekommen seid und mir alles kaputt gemacht habt?« Sie schüttelte abermals den Kopf und ihr Lächeln wurde zuckersüß und noch falscher. »So etwas würde ich doch niemals tun!«

Rebekka seufzte. Samantha spielte auf die Geschichte von Peer Andermatt an, des Jungen aus Märchenmond, der seit ewigen Zeiten in der Schattenwelt zwischen den Wirklichkeiten gefangen war. Das hieß: Für die meisten hier war es nur eine *Geschichte.* Samantha und sie wussten aber, dass sie nur zu wahr war. Peer Andermatt war real, und er war tatsächlich zwischen den Welten gefangen und wartete darauf, dass jemand die Scherben des magischen Spiegels wieder zusammensetzte, durch den er in die eine oder andere Wirklichkeit zurückkehren konnte. Irgendwie war es Samantha gelungen, hinter dieses Geheimnis zu kommen – aber Peer Andermatt hatte *sie,* Rebekka, ausgewählt, die verschollenen Spiegelscherben zu finden, und das würde Samantha ihr nie verzeihen.

»Aber das stimmt doch nicht, Samantha«, sagte sie.

»Ach?«, machte Samantha kampflustig.

Das Licht flackerte. Das Radio auf Bienes Tisch ging an, plärrte einen Moment lang mit voller Lautstärke und ging dann wieder aus, genau wie das Licht. Rebekka blickte nach oben und wandte sich dann wieder an Samantha. »Bitte, Sam«, sagte sie. »Ich weiß ja, dass wir nie Freunde werden, aber können wir nicht wenigstens einen Waffenstillstand schließen?«

»Wieso?«, erkundigte sich Samantha zuckersüß. »Haben wir denn Krieg?«

»Noch nicht«, grollte Tanja, »aber du kannst ihn gerne haben, wenn du willst.«

Diesmal war es das Schrillen der Pausenglocke, das sie unterbrach. Sie schepperte allerdings nur ganz kurz und verstummte dann mit einem jämmerlichen Jaulen wieder. Allmählich begann sich Rebekka ernsthaft Sorgen zu machen. Was war hier nur los?

Samantha nutzte die Gelegenheit, das Gespräch abzubrechen und sich in verstocktes Schweigen zu hüllen, und auch Tanja sagte für die nächsten zehn Minuten gar nichts mehr. Die Schulglocke randalierte in dieser Zeit noch zweimal und auch das Radio und die Lampen gingen noch ein paarmal an und aus. Einmal hörte Rebekka ein sonderbares, schweres Klacken, das direkt aus dem altmodischen Ölgemälde hinter Bienes Schreibtisch zu kommen schien. Sie erinnerte sich, dass ein großer Wandsafe dahinter verborgen war. Wie hätte sie das auch vergessen können? Immerhin befanden sich die drei magischen Spiegelscherben, die sie bisher gefunden hatte, ganz genau dort. Aber es war doch nicht möglich, dass sich jetzt auch der Safe selbstständig gemacht hatte!

Die Tür ging auf und Biene rauschte herein. Beunruhigenderweise war sie nicht allein. Der Computertechniker, der vorhin an Antons PC herumgeschraubt hatte, war bei ihr, und was noch viel unerfreulicher war: Der Mann trug einen zusammengeklappten Laptop unter dem Arm, der Rebekka unangenehm bekannt vorkam …

Neben ihr sog Tanja scharf die Luft ein. Auch sie hatte den Computer erkannt.

Biene setzte sich, maß sie der Reihe nach mit einem strengen Blick und machte dann eine knappe Handbewegung, woraufhin der Techniker den Laptop auf den Tisch stellte. Dann sah sie Tanja an. »Ist das dein Computer?«

Tanja nickte. Sie wirkte mit einem Mal ziemlich nervös.

»Ja, das habe ich mir gedacht«, seufzte Biene. »Herr Ommermann, wenn Sie so freundlich wären?«

Der Techniker schaltete den Laptop ein, drückte ein paar Tasten und drehte den Apparat dann um, sodass sie den Bildschirm sehen konnten. Rebekka stockte schier der Atem, als sie das Startmenü mit dem Schlosswappen von Drachenthal sah. Biene nickte fast unmerklich und Ommermann drückte eine weitere Taste. Jetzt erschien die Liste mit den Klausuraufgaben.

»Oh«, entfuhr es Rebekka.

»Das sind die Fragen für die Klausur, die ich angeblich angesetzt habe«, sagte Biene streng. »Kannst du mir vielleicht erklären, wie sie auf deinen Computer kommen, Tanja?«

»Ich habe keine Ahnung, wie ...«, begann Tanja, wurde aber sofort von Biene unterbrochen.

»Samantha hat gesehen, wie du deinen Computer mit dem Telefon verbunden hast.«

Tanja durchbohrte Samantha mit Blicken, in denen die pure Mordlust loderte. Sie schwieg.

»IP-Adresse«, sagte Ommermann.

Sowohl Rebekka als auch Samantha sahen den Computerspezialisten nur verständnislos an, aber Tanja hatte sich nicht genug in der Gewalt, um nicht erschrocken zusammenzufahren.

»Wisst ihr eigentlich, was ihr da getan habt?«, fragte Biene. Sie klang eigentlich mehr enttäuscht als verärgert, wollte aber anscheinend gar keine Antwort hören, denn sie fuhr kopfschüttelnd fort: »Ihr seid in das Computersystem der Schule eingebrochen und habt euch die Fragen für eine anstehende Arbeit besorgt. Das wäre ein Grund für einen sofortigen Schulverweis.«

»Aber Sie haben doch selbst gesagt, da wäre gar keine Klausur angesetzt«, meinte Rebekka.

Die Schulglocke schrillte kurz und die Jalousien vor den Fenstern summten halb herunter und dann wieder hoch. Biene tauschte einen ziemlich besorgten Blick mit Ommermann, bevor sie Rebekkas Frage beantwortete. »Das stimmt. Und nur deswegen werde ich – vielleicht – von einem sofortigen Schulverweis absehen. Deinen Computer muss ich natürlich beschlagnahmen, Tanja.«

»Aber das geht doch nicht!«, empörte sich Tanja. »Das ist alles nicht wahr! Ich habe keine Ahnung, wie das Zeug auf meinen Computer kommt.« Sie schenkte Samantha einen giftigen Blick. »Vielleicht hat sie ja die Finger im Spiel!«

»Ich weiß nicht einmal, wie man das Ding einschaltet«, behauptete Samantha.

»Ich bin sogar sicher, dass du irgendetwas damit zu tun hast, Samantha«, sagte Biene kühl, wandte sich dann aber sofort wieder an Tanja. »Aber das ist eindeutig dein Computer, richtig?«

»Ja«, gestand Tanja. »Aber ich sehe nicht, was das ...«

»Dann bist du auch in den Schulrechner eingebrochen«, unterbrach sie Ommermann in leicht bedauerndem Ton. »Das steht fest.«

»Ach?«, fragte Tanja patzig. »Und wie wollen Sie das beweisen?«

»Kinder«, seufzte Ommermann. Er schüttelte den Kopf, dann wurde seine Stimme sachlich. »Bei jedem Kontakt über das Internet wird eine so genannte IP-Adresse benutzt, Mädchen. Das ist so etwas wie ein elektronischer Fingerabdruck.«

»Das weiß ich«, giftete Tanja.

»Aber dann hättest du auch wissen sollen, dass man diesen elektronischen Fingerabdruck zurückverfolgen kann«, entgegnete Ommermann. »Wer immer in den Hauptrechner des Internats eingebrochen ist, hat es von diesem Computer aus getan.«

»Aber ich …«, begann Tanja.

Rebekka unterbrach sie mit einem resignierten Kopfschütteln. »Sie haben Recht, Fräulein Bienenstich«, gestand sie zerknirscht. »Es tut mir Leid. Wir hätten das nicht tun dürfen, ich weiß.«

Die Jalousien klapperten zustimmend und auch das Licht flackerte kurz. Irrte sich Rebekka oder wirkte Ommermann plötzlich sehr viel nervöser als noch vor einem Moment?

»Ich fürchte, so einfach ist das nicht«, sagte Biene leise. »Herr Ommermann, bitte.«

»Während der letzten beiden Wochen«, begann Ommermann, »habe ich im Schloss Drachenthal ein internes Netzwerk eingerichtet. Alle Computer sind miteinander verbunden. Und nicht nur die Computer. Auch die Alarmanlage, die Telefonzentrale, das Sicherheitssystem … alles.«

»Oh«, murmelte Tanja. »Das wusste ich nicht.«

»Und das ist das Problem«, fügte Ommermann hinzu. »Es geht nicht nur darum, dass du dich in den Computer gehackt hast. Ich fürchte, das ganze System ist verseucht.«

»Verseucht?«, rief Rebekka erschrocken.

»Mit einem Virus«, bestätigte Biene, sah dabei aber weiter Tanja an. »Du hast mir ja gerade vor ein paar Minuten erst erklärt, was das ist.«

»Damit habe ich nichts zu tun!«, keuchte Tanja.

»Da er die herkömmlichen Virenscanner ausgetrickst hat, habe ich ihn erst jetzt entdeckt«, erklärte Ommermann. »Und das ist gar nicht gut. Denn dieser heimtückische Virus scheint sich rasend schnell auszubreiten.« Die Lampen flackerten und Ommermann deutete nach oben. »Ihr seht es ja selbst. Ich bin sicher, dass ich es über kurz oder lang schaffe, ihn unschädlich zu machen, aber bis dahin kann er noch eine Menge Schaden anrichten. Es wäre wirklich hilfreich, wenn ich den Virus kennen würde.«

»Aber ich weiß wirklich nicht, wovon Sie reden!«, versicherte Tanja mit weinerlicher Stimme. »Ich *habe* keinen Virus in das System geladen! Ich bin doch nicht verrückt!«

Samantha grinste breit. Für einen ganz kurzen Moment *war* da etwas in Rebekkas Gedanken. Irgendetwas, das mit Samantha zu tun hatte und dem, was sie gestern getan hatte, als sie zusammen mit Biene ins Zimmer gekommen war. Aber es entglitt ihr, noch bevor sie wirklich danach greifen konnte.

»Du machst es dir nur unnötig schwer«, sagte Biene. »Noch können wir die Sache unter uns regeln, aber falls wirklich ein größerer Schaden angerichtet wird …«

Sie kam nicht dazu, weiterzureden. Wieder schrillte die Glocke, die elektrischen Jalousien fuhren mit einem Knall herunter und nur eine Sekunde später erwachte die Sprinkleranlage unter der Decke zum Leben und überschüttete das gesamte Büro und jeden, der sich darin aufhielt, mit einer wahren Sintflut eiskalten Wassers.

Gefahr aus der Vergangenheit

Auch wenn es mit seinem Gedächtnis vielleicht nicht mehr zum Besten bestellt war, so konnte Themistokles doch immerhin noch lesen, und genau das tat er für den Rest des Nachmittags: Während seine Schüler, die gar nicht genug von dem Spiel aus der Menschenwelt bekommen konnten, Stunde um Stunde damit verbrachten, sich abwechselnd zu prügeln und den armen Felsentroll ins Tor zu schießen, saß er in der großen Bibliothek der Universität, die er ganz allein für sich hatte. Das war an sich nichts Besonderes: Unter seinen Schülern war kaum einer, der freiwillig auch nur einen Fuß in die Bibliothek gesetzt hätte. Doch so sehr Themistokles diesen Umstand normalerweise bedauerte, so froh war er jetzt, allein zu sein.

Themistokles war sehr, wirklich *sehr* besorgt.

Dabei hätte er noch nicht einmal genau sagen können warum. Dass ihn seine Zauberkräfte an diesem Tag im Stich gelassen hatten, war beunruhigend, aber mehr eigentlich auch nicht. Mit der Magie war das so eine Sache: Genau wie die Technik, auf die die Menschen aus der anderen Welt oft so blind vertrauten, hatte auch sie ihre Tücken und funktionierte längst nicht immer so, wie sie sollte. Doch da war noch mehr. Die Ereignisse des heutigen Tages hatten etwas in Themistokles berührt, das ihm Angst machte. Es gab da etwas, das er irgendwann einmal gehört und wieder vergessen hatte, nicht weil er alt wurde, sondern weil es einfach sehr, sehr lange her war. Immerhin erinnerte er sich daran, dass es irgendetwas wirklich Wichtiges gewesen war, und er war auch ziemlich sicher, die Antwort in der Bibliothek zu finden. Praktisch alles, was von Bedeutung war, stand in irgendeinem der zahllosen Bücher hier. Er musste es nur finden.

Das Problem war nur, dass es wirklich *viele* Bücher waren.

Die Bibliothek erstreckte sich über mehrere Etagen, und wohin man auch sah, bedeckten voll gestopfte Regale die Wände. Dazwischen standen Tische, auf denen ebenfalls große Stapel von Büchern der unterschiedlichsten Größe und Form lagen, und selbst auf dem Fußboden wuchsen mannshohe, schon bedrohlich wackelnde Büchertürme empor. Das Geheimnis *war* hier, das wusste er.

Unter normalen Umständen hätte er das Buch einfach mithilfe eines Suchzaubers herbeibeschworen, der sogar dann funktionierte, wenn man gar nicht wusste, wonach man eigentlich suchte, aber nach dem, was gerade in der Turnhalle passiert war, wagte er das nicht mehr. So blieb ihm nur die altmodische Methode, die sehr mühselig war: nachzugrübeln und Buch für Buch aus dem Regal zu nehmen, wozu er nur zu oft auf langen Leitern bis zu den obersten Brettern hinaufklettern musste.

Themistokles saß an dem einzigen halbwegs leeren Tisch in der Bibliothek und blätterte zunehmend hektischer in den gut hundert Büchern, die er in die engere

Auswahl genommen hatte. Etwas raschelte und Themistokles glaubte aus den Augenwinkeln eine Bewegung wahrzunehmen, aber er sah nicht einmal von seinem Buch auf, sondern blätterte rasch weiter. Aber das Rascheln wiederholte sich und nach einer Weile wurde das Huschen von Schatten und wirbelnder Bewegung so stark, dass er nicht mehr anders konnte als doch hinzusehen.

Fast wünschte er sich, er hätte es nicht getan.

Eine große Anzahl Bücher hatte sich von ihrem Platz auf den Regalböden entfernt. Etliche standen einfach nur schief da, andere waren zu Boden gestürzt oder senkten sich sacht wie fallender Schnee nach unten, viele aber schwebten einfach wie von Geisterhand gehalten reglos in der Luft. Wieder andere hüpften wild hin und her oder taumelten auf komplizierten Bahnen durch die Luft, und manche flatterten gar mit den Einbänden und uralten Pergamentseiten wie etwas sonderbar geformte Vögel.

Und das war längst nicht alles …

Aus manchen der Bücher kamen Gestalten. Da waren winzig kleine Einhörner, Feen und Drachen, aber auch Piraten, Räuber und Ritter in schimmernden Rüstungen, alles Figuren aus den Geschichten, die in den Büchern aufgeschrieben waren. Sie alle waren nicht real, sondern halb durchsichtige Trugbilder, und Themistokles hätte den Anblick normalerweise wohl eher lustig gefunden, spürte er doch, dass von ihnen keine wirkliche Gefahr ausging.

Dennoch machte er ihm heute beinahe Angst.

Das hätte nicht passieren dürfen.

Themistokles spürte das Wirken großer magischer Kraft rings um sich herum, einer Magie, die *er* nicht heraufbeschworen hatte. Er war sogar so vorsichtig gewesen, nicht einmal an Magie zu *denken,* nach dem, was vorhin in der Turnhalle passiert war. Aber es nutzte nichts.

Die Tür ging auf. Themistokles fuhr ein bisschen erschrocken herum, halbwegs darauf gefasst, eine neue, unangenehme Überraschung zu erleben – aber es war nur Kjuub, der hereinspaziert kam. Über ihm flatterte etwas wie eine zu groß geratene Libelle herein und wich mit einem erschrockenen Piepsen einem gewaltigen Haifischgebiss aus, das unversehens aus einem Buch auftauchte, das reglos in der Luft über der Tür schwebte wie ein auf Beute lauernder Raubvogel.

»W… w… w… was i… i… i… ist denn hier l… l… l… los?«, piepste Scätterling erschrocken.

»Tja …«, machte Themistokles. Das war im Moment das Schlaueste, was ihm einfiel.

Kjuub und die Elfe kamen vorsichtig näher. Kjuub sah sich irritiert um, während Scätterling alle Mühe hatte, den fliegenden Büchern und zum Leben erwachten Romanfiguren in einem komplizierten Zickzackkurs auszuweichen, die den Raum in immer größerer Zahl füllten.

»Das ist unheimlich«, dröhnte Kjuubs gewaltige Bassstimme, die genau so laut war wie er selbst klein. »Habt Ihr das bewirkt, Meister Themistokles?«

»Ich hoffe doch nicht«, sagte Themistokles etwas kleinlaut. Das Buch, das bisher reglos über der Tür geschwebt hatte, löste sich nun von seinem Platz, glitt auf Scätterling zu und begann sie zu umkreisen.

»Ihr hofft?«, wiederholte Kjuub misstrauisch.

Themistokles hob unglücklich die Schultern. »Ich bin hier um herauszufinden, was genau passiert ist. Die Magie macht sich selbstständig. Ich glaube, so etwas ist schon einmal passiert.«

Das Buch umkreiste Scätterling jetzt unangenehm dicht. Die Elfe, die mit wirbelnden Libellenflügeln auf der Stelle schwebte, beäugte es misstrauisch. Schließlich schlug sie danach, aber das Buch wich ihr mit einer spielerischen Bewegung aus und flatterte spöttisch mit den Seiten.

»Ich habe davon gehört«, sagte Kjuub düster.

Themistokles riss erstaunt die Augen auf. »Du?«

Der Zwerg nickte mit besorgtem Gesicht. »Es ist sehr lange her, aber man erzählt sich die Geschichte bei uns Zwergen noch heute. Irgendetwas hat die Magie durcheinander gebracht. Es war eine große Katastrophe.«

Das war nicht das, was Themistokles hatte hören wollen. Betrübt sah er zu Scätterling hoch. Das Buch flatterte immer heftiger und stieß ein paarmal auf die Elfe herab und Scätterling hatte sichtbar Mühe, ihm zu entkommen.

»Es gibt irgendwo ein Buch darüber«, fuhr Kjuub nachdenklich fort. »Glaube ich.«

»Das ist ja das Problem«, sagte Themistokles niedergeschlagen.

Scätterling piepste erschrocken, als das Buch so plötzlich wie ein zustoßender Raubvogel in ihre Richtung sprang und mit einem Knall zuschlug. Nur im letzten Augenblick konnte sie ihm ausweichen.

»Wir müssen es finden!«, fuhr Themistokles in etwas bestimmterem Ton fort. »Vielleicht steht ja darin, wie man das Problem damals gelöst hat. Wir müssen eben jedes einzelne Buch durchsehen.«

»Hier?«, ächzte Kjuub. Er sah sich mit einem Gesichtsausdruck um, der an Entsetzen grenzte.

Über ihnen quiekte Scätterling, als das Buch erneut nach ihr schnappte. Hastig summte sie davon, doch das Buch setzte sofort und mit zornig flatternden Seiten zur

Verfolgung an, und es klappte immer dichter und heftiger hinter ihr zusammen.

»Damals hätte es fast zum Untergang von ganz Märchenmond geführt«, fuhr Kjuub fort, der es darauf angelegt zu haben schien, Themistokles so richtig aufzumuntern.

Scätterling kreischte mittlerweile vor Angst und versuchte mit immer komplizierteren Flugmanövern dem Buch zu entkommen, aber das schnappende Ding schien trotzdem immer weiter aufzuholen.

»Bitte, Kinder«, sagte Themistokles. »Lasst den Unsinn. Mir ist jetzt nicht nach Spielen zumute.«

»Unsinn?«, keifte Scätterling. »S… s… s… seid I… i… i… ihr v… v… v… v… ver… r… rückt, M… m… meister Themistokles?« Mit einer blitzschnellen Rolle entging sie dem zuschnappenden Buch, schraubte sich in einer kunstvollen Bewegung nach unten und kurvte um einen mannshohen Bücherstapel herum, mit der Absicht, ihren Verfolger abzuschütteln. Das Buch folgte ihr noch immer dichtauf, aber es war wesentlich unvorsichtiger als die Elfe, denn es knallte gegen den Bücherstapel, der prompt ins Wanken geriet und mit einem gewaltigen Poltern zusammenbrach. Kjuub schüttelte mit einem missbilligenden Stirnrunzeln den Kopf.

»Ich will ja nicht petzen«, begann er unbehaglich und wieder direkt an Themistokles gewandt.

»Aber?«, fragte Themistokles.

»Feuer«, sagte Kjuub und warf einen hastigen Blick zur

Tür, wie um sich davon zu überzeugen, dass der junge Drache nicht etwa dort saß und ihn belauschte.

Scätterling jagte so dicht an Themistokles' Gesicht vorbei, dass er den Luftzug ihrer winzigen Flügel spüren konnte, und das Buch flitzte hinterher und riss Themistokles den spitzen Zauberhut vom Kopf.

»Was ist mit Feuer?«, fragte Themistokles, während er sich danach bückte und ihn umständlich wieder aufsetzte.

»Ich habe ihn vorhin belauscht«, gestand der Zwerg kleinlaut. »Sie haben das Spiel sechshundertzwölf zu null gewonnen, und als die anschließende Prügelei vorbei war, da hat er sich vor seinen Freunden damit gebrüstet, Euch so richtig eins ausgewischt zu haben. Er hat gesagt, wie sehr, das hättet Ihr bisher noch gar nicht gemerkt. Das Beste käme erst noch.«

Scätterling jagte in spitzem Winkel nach oben und gleich darauf wieder hinab, raste auf das Bücherregal unmittelbar neben Themistokles zu und wich im buchstäblich allerletzten Moment in einem fast rechten Winkel zur Seite aus. Ihr Verfolger war weniger geschickt. Nahezu ungebremst krachte er gegen das Regal. Es begann zu wackeln. Erst ein Buch, dann noch eines und schließlich immer mehr und mehr Bücher rutschten von den Brettern, bis sich schließlich eine wahre Lawine von Büchern auf Scätterlings Verfolger ergoss und ihn unter sich begrub.

Feuer?, dachte Themistokles. Ja, da war irgendetwas gewesen, gestern Nacht, als der junge Drache ihn in seiner Zauberstube oben im Turm besucht hatte. Irgendetwas hatte sein Misstrauen erweckt, aber er konnte noch immer nicht sagen, was es gewesen war.

Scätterling tauchte mit wirbelnden Libellenflügeln über dem fast hüfthohen Bücherstapel auf. Sie keuchte vor Anstrengung, strahlte aber trotzdem über das ganze winzige Gesicht. »Geschafft!«, piepste sie. »Das war wie… wie… wieder einmal ei… ei… ein Sieg d… der I… i… i… i… intelligenz über b… b… brutale G… g… g… gewalt und …«

Der Stapel flog auseinander und das Buch schoss heraus und schloss sich mit einem dumpfen Knall um die Elfe.

Kjuub griff fast gelassen nach oben, packte das Buch mit seiner kleinen, aber ungemein kräftigen Hand und kratzte sich mit der anderen am Kopf. Es klang wie Fingernägel, die über eine Schiefertafel scharrten. »Ihr solltet wirklich mit Feuer reden«, fuhr er fort. »Ich weiß zwar nicht genau was, aber ich habe das Gefühl, diesmal hat er sich etwas wirklich Schlimmes einfallen lassen.«

Allmählich wurden die Bilder in Themistokles' Erinnerung klarer. Feuer war hereingekommen und hatte plötzlich den Fuß gehoben, und …

Die Scherbe!

Kjuub begann lässig in dem Buch zu blättern, bis er Scätterling gefunden hatte, die platt wie eine Briefmarke zwischen den Seiten in der Mitte eingeklemmt war. Mit spitzen Fingern pulte er sie heraus und begann sie zu schütteln. Plötzlich weiteten sich seine Augen. »Aber das ist es ja!«, keuchte er.

»Was?«, fragte Themistokles.

»Oh Mann«, ächzte Scätterling. »J… j… jetzt bin i… i… ich a… a… aber platt!«

»Das Buch!«, antwortete Kjuub aufgeregt. »Das Buch, nach dem Ihr gesucht habt, Meister Themistokles! Das, in dem alles über die Katastrophe von damals steht!«

»Was?«, keuchte Themistokles. Aufgeregt riss er Kjuub den schweren ledergebundenen Band aus den Händen, und Kjuub ließ die Elfe einfach fallen und stellte sich neugierig auf die Zehenspitzen, um einen Blick in das Buch zu werfen. Scätterling prallte unsanft auf dem Tisch auf, blieb einen Moment benommen sitzen und begann dann wie ein Rohrspatz über den Zwerg zu schimpfen – übrigens ohne ein einziges Mal zu stottern.

Themistokles hörte es nicht einmal. Seine Hände begannen stärker und stärker zu zittern, und er konnte selbst spüren, wie ihm auch noch das allerletzte bisschen Farbe aus dem Gesicht wich, während er die Seiten blitzschnell überflog und las, was damals geschehen war.

»Feuer«, hauchte er schließlich. »Was hast du getan?«

Die Katastrophe beginnt

Vor gut fünf Minuten hatte die Schulglocke angefangen zu schrillen und seither nicht mehr damit aufgehört. Anton rannte wie ein aufgescheuchtes Huhn umher und versuchte alles Mögliche, das vermaledeite Ding zum Verstummen zu bringen. Wie ein *nasses* aufgescheuchtes Huhn, um genau zu sein. Die Sprinkleranlage war nicht nur in Bienes Büro losgegangen, sondern auch hier unten in der Halle, in der sich Antons Arbeitsplatz befand, und in etlichen anderen Teilen des Gebäudes; unter anderem auch im Lehrerzimmer.

»Und dabei haben wir noch Glück gehabt!«, sagte Biene, die sich zwar – wie alle anderen, außer Anton und Ommermann – umgezogen hatte, aber immer noch damit beschäftigt war, sich die Haare trocken zu rubbeln. »Wenn die Anlage auch in den Klassenzimmern losgegangen wäre oder gar in der Bibliothek, wäre der Schaden unermesslich gewesen!«

Die Worte galten dem Computerspezialisten, der hinter Antons Theke saß und immer mehr in sich zusammenzuschrumpfen schien. »Ich verstehe das nicht«, murmelte er zum wiederholten Male, während seine Finger hektisch über die Tasten des Computers huschten. »Ich habe ja schon eine Menge Viren gesehen, aber so etwas ist mir noch nicht untergekommen!«

»Sie sind also mit Ihrem Latein am Ende«, meinte Biene. Ihr Blick streifte kurz und eisig Tanjas Gesicht und richtete sich dann wieder auf Ommermann, der sich alle Mühe gab, in den Computer hineinzukriechen oder wenigstens unsichtbar zu werden.

»Das habe ich nicht gesagt«, verteidigte er sich. »Ich habe lediglich gesagt, dass mir ein so tückischer Computervirus noch nicht untergekommen ist. Was das Ding macht, das grenzt schon an Zauberei!«

Rebekka tauschte einen raschen erschrockenen Blick mit Tanja. Sam hatte alle Mühe, ein triumphierendes Grinsen zu unterdrücken.

»Warum schalten Sie die ganze Anlage nicht einfach ab?«, fragte Rebekka.

»Das sollten wir wirklich nur im alleräußersten Notfall tun«, erklärte Ommermann. »Außerdem würde es nicht viel nutzen. Das Problem wäre ja sofort wieder da, sobald wir den Computer einschalten. Nein.« Er schüttelte nachdenklich den Kopf. »Ich muss den Virus isolieren und genau erforschen. Wenn ich seinen Quellcode hätte oder wenigstens wüsste, wo er herkommt!«

Er warf Tanja einen fragenden Blick zu, den diese aber nur mit einem heftigen Kopfschütteln beantwortete. »Ich habe keine Ahnung, was das für ein Ding ist.«

»Es steht aber fest, dass er von deinem Laptop aus in das System geladen worden ist«, beharrte Ommermann.

»Aber ich habe es nicht getan!«, verteidigte sich Tanja. »Ich bin doch nicht verrückt!«

Samantha grinste breit. Ihre Augen leuchteten geradezu vor Schadenfreude.

Und ganz plötzlich war es Rebekka, als würde es deutlich hörbar *Klick* in ihrem Kopf machen. »Samantha?«

»Ja, Liebes?«, fragte Samantha mit einem zuckersüßen Lächeln, das sie vermutlich nur aufgesetzt hatte, um ihr schadenfrohes Grinsen zu verbergen.

»Als du gestern die Diskette in Tanjas Computer geschoben hast, wo kam die eigentlich her?«

Samanthas Lächeln entgleiste. »Sie lag auf dem Schreibtisch«, behauptete sie.

»Ja, aber als du hingegangen bist, da hattest du die ganze Zeit über die Hände in den Taschen«, sagte Tanja nachdenklich. »Wo du so etwas doch normalerweise nie tust. Das ist doch nicht *damenhaft.*«

»Und?«, schnappte Sam. Ihr Lächeln war mittlerweile vollkommen erloschen.

»Wir fragen uns ja nur, was du vielleicht sonst noch in den Taschen gehabt hast«, ergänzte Rebekka.

»Das hast du nicht wirklich getan, oder?«, fragte Biene betroffen. »Samantha!«

»Blödsinn!«, fauchte Samantha. »Bis vor einer Stunde wusste ich noch nicht einmal, dass es so etwas wie einen Computervirus überhaupt gibt!«

»Das hier ist auch kein normaler Computervirus«, murmelte Ommermann besorgt. »Ich verstehe das …«

Er brach ab und atmete hörbar erleichtert auf, als die Schulglocke endlich verstummte.

»Endlich«, sagte Biene. »Was haben Sie getan?«

»Nichts«, gestand Ommermann. »Ich habe nur …«

Er kam auch diesmal nicht dazu, seinen Satz zu beenden. Die Glocke fing nicht wieder an zu heulen, doch dafür schrillte das Telefon auf Antons Tresen. Das auf dem Tisch auf der anderen Seite der Halle auch. Genau wie der Apparat, der oben im Flur im ersten Stock stand. Und Dutzende von anderen Telefonen, deren Schrillen durch die geschlossenen Türen drang. Jedes einzelne Telefon im ganzen Schloss begann zu läuten!

Anton hob ab, aber das Telefon klingelte fröhlich weiter, obwohl er den Hörer in der Hand hielt. Er lauschte einen Augenblick und hängte dann wieder ein. Das Telefon schrillte immer noch. »Es war niemand dran«, erklärte er ratlos.

»Stellen Sie das ab«, befahl Biene. Ihre Stimme zitterte leicht.

»Ich versuche es ja«, jammerte Ommermann. Er hämmerte wie besessen auf den Tasten herum, aber die Telefone hörten nicht auf zu klingeln. Dafür gesellte sich nun das Wimmern der Schulglocke wieder hinzu – und dann ertönte ein tiefes, irgendwie unheilvolles Klacken, das aus allen Richtungen zugleich zu kommen schien. Biene wurde blass und Ommermann wurde noch blasser.

»Was war das?«, fragte Rebekka unsicher.

»Die Türen«, flüsterte Ommermann. Fassungslos starrte er den Bildschirm vor sich an. »Sämtliche Türen haben sich gerade von selbst verriegelt.«

»Aber … aber das ist doch gar nicht möglich!«, keuchte Rebekka.

»Ich fürchte doch«, antwortete Ommermann. »Ich habe in den letzten Wochen nicht nur ein Netzwerk installiert, sondern auch ein neues computergesteuertes Sicherheitssystem, das das ganze Schloss überwacht.«

Rebekka verspürte ein eisiges Frösteln. Ommermann klang nervöser, als er sein sollte, fand sie. Dann waren die Türen eben verriegelt. Und?

»Davon wusste ich ja gar nichts«, meldete sich Tanja zu Wort.

Aus irgendeinem Grund wirkte Biene plötzlich fast genauso nervös wie Ommermann. »Wir machen ja auch keine unnötige Reklame dafür«, sagte sie. »Bei uns sind viele Kinder sehr reicher Leute. Was nutzt das ausgeklügelteste Sicherheitssystem, wenn man überall herumerzählt, dass es da ist?«

»Was … was kann denn dieses System noch?«, fragte Rebekka. Ihr Herz begann zu klopfen.

»Eine Menge«, meinte Ommermann düster.

Das Licht in der Halle begann zu flackern und in den ohnehin schon höllischen Lärm mischte sich ein tiefes Summen. Rebekka fuhr herum und ihr Herz machte einen erschrockenen Sprung, als sie sah, wie überall vor den Fenstern schwere, metallene Rollladen herunterfuhren.

Biene seufzte tief. »Schalten Sie die ganze Anlage ab, Herr Ommermann.«

»Ja, das muss wohl sein.« Ommermann machte ein bedauerndes Gesicht, drückte eine Taste – und wurde noch blasser. Er drückte die Taste noch einmal – und noch einmal und noch einmal. »Es geht nicht«, flüsterte er entsetzt.

»Was soll das heißen, es geht nicht?«, wiederholte Biene.

»Dass es nicht geht! Der ganze Computer ist blockiert. Das System hat sich selbstständig gemacht.«

»Dann schalten Sie einfach den Strom ab«, rief Tanja.

»Wenn ich das könnte!« In Ommermanns Stimme war jetzt fast so etwas wie Panik. »Der Hauptrechner steht in einem speziell gesicherten Raum im Keller. Und er hat einen eigenen Generator, damit Einbrecher ganz genau das nicht können!«

»Na wunderbar«, meinte Samantha ironisch. »Da haben Sie sich ja schön selbst reingelegt, wie?«

»Wer das war, wird sich noch rausstellen«, sagte Tanja in drohendem Ton. Sam funkelte sie an, aber Biene beendete den Streit, der sich anbahnte, mit einer zornigen Handbewegung und wandte sich wieder an den Computerspezialisten.

»Wir müssen irgendetwas tun«, erklärte sie. »Bevor hier eine Panik ausbricht.«

»Ich wüsste nicht was«, sagte Ommermann bekümmert. »Sie wollten von meinem Chef ein System, das sich nicht überlisten lässt, und das haben Sie bekommen.«

Plötzlich begannen überall im Haus Radios, CD-Player und Fernsehgeräte in voller Lautstärke loszubrüllen. Zornige und erschrockene Stimmen ertönten, aber auch schon die ersten Schreie, als etliche Schüler merkten, dass sie in ihren Zimmern eingeschlossen waren. Einige begannen heftig gegen die Türen zu trommeln und an den Klinken zu zerren. Die Panik, von der Biene gesprochen hatte, konnte jederzeit vollständig ausbrechen.

Auf einen Schlag gingen sämtliche Lichter aus und auch das Schrillen der Glocke und das an den Nerven zerrende Klingeln der Telefone verstummte. Nur noch das Trommeln an den Türen und die immer lauter werdenden Schreie und Rufe waren zu hören. Die Stille war fast noch unheimlicher als der grässliche Lärm zuvor.

Allerdings währte sie nur für einen Moment. Dann durchbrach ein neues, flackerndes rotes Licht die Dunkelheit und eine misstönende Alarmsirene begann zu wimmern.

»Was … was ist das?«, stammelte Samantha.

»Der Einbruchalarm«, erklärte Ommermann. Er musste fast schreien, um den Lärm zu übertönen.

»Wieso Einbruchalarm?«, wiederholte Sam nervös.

»Wie ich es bereits sagte: Eure Schulleiterin wollte eine wirklich supermoderne Anlage«, sagte Ommermann nervös. »Die hat sie gekriegt.«

»Aber wir … wir sind doch nicht … nicht in Gefahr?«, fragte Rebekka unsicher.

Für ihren Geschmack brauchte Ommermann entschieden zu lange für die Antwort – und sie bestand dann auch nicht aus einem Kopfschütteln, wie sie gehofft hatte, sondern allenfalls aus einer Mischung aus einem solchen und einem unglücklichen Schulterzucken. »Hm«, machte er.

»Hm?«, wiederholte Samantha mit schriller Stimme. »Was genau soll das heißen?«

Ommermann wollte etwas erwidern, aber er kam nicht dazu. Das Licht flackerte immer hektischer und plötzlich erscholl eine quäkende Computerstimme: »Achtung! Unbefugte Eindringlinge! Sie haben drei Minuten Zeit, das Gebäude zu verlassen!«

»Witzbold«, knurrte Tanja.

»Drei Minuten?«, keuchte Rebekka. »Und ... und was passiert dann?«

»Dann wird doch automatisch die Polizei alarmiert, oder?«, fragte Tanja.

Ommermann tauschte einen Blick mit Biene, der Rebekka gar nicht gefiel, ehe er antwortete: »Das auch. Ja.«

Aber das war gewiss nicht alles, das spürte Rebekka einfach, und sie sah es auch den Gesichtern der beiden an. Doch bevor sie noch eine entsprechende Frage stellen konnte, geschah etwas anderes: Die Sprinkleranlage erwachte zischend wieder zum Leben und Rebekka und alle anderen sahen sich binnen weniger Sekunden zum zweiten Mal bis auf die Haut durchnässt. Und das Allerbeunruhigendste war: Das Wasser war *heiß!*

»Oh nein, nicht das!«, hauchte Ommermann.

»Sie sind doch schon nass«, fauchte Samantha. »Außerdem haben Sie diesen dämlichen Computer ja wohl selbst installiert. Geschieht Ihnen Recht!«

»Aber darum geht es doch gar nicht!«, keuchte Ommermann. Die Computerstimme meldete sich erneut zu Wort:

»Achtung! Unbefugte Eindringlinge! Sie haben zwei Minuten Zeit, sich zu identifizieren oder das Gebäude zu verlassen!«

»Herr Ommermann, *tun* Sie etwas!«, flehte Biene.

»Was passiert in zwei Minuten?«, erkundigte sich Rebekka mit zitternder Stimme.

Biene antwortete gar nicht, sondern legte nur den Kopf in den Nacken und blinzelte zu den verborgenen Düsen der Sprinkleranlage hoch, die Wasser in erstaunlicher Menge in den Raum pumpte.

»Dann«, sagte Ommermann leise, »schaltet der Computer auf die nächste Stufe.«

»Und was genau bedeutet das?«, wollte Tanja wissen. Auch ihre Stimme zitterte.

»Er alarmiert die Polizei«, antwortete Ommermann. »Aber die braucht vom Dorf hierher mindestens eine halbe Stunde. Und im Ernstfall ist das viel zu lange, um uns vor Einbrechern oder anderen Gaunern zu schützen.«

»So? Und was … bedeutet das?«, fragte jetzt Rebekka unsicher.

»Das bedeutet, dass der Computer diesen Raum in weniger als zwei Minuten vollkommen luftdicht verschließen wird«, antwortete Ommermann. »Und weitere zwei Minuten danach wird er mit einem harmlosen, aber schnell wirkenden Betäubungsgas geflutet.« Er atmete so tief ein, dass es wie ein Laut unterdrückter Angst klang. »Normalerweise kriegt man davon allerhöchstens leichte Kopfschmerzen.«

»Normalerweise?«, wiederholte Sam.

Ommermann wischte sich mit der linken Hand das Wasser aus dem Gesicht, das noch immer aus Hunderten verborgener Düsen unter der Decke regnete. Mit der anderen Hand deutete er nach oben. »Wenn wir ohnmächtig sind, könnte es genauso gut sein, dass wir allesamt ertrinken«, sagte er.

Wenn die Zauberei verhext ist

Es war deutlich einfacher, Feuer zu finden, als Themistokles befürchtet hatte. Um genau zu sein: Es war sogar ziemlich einfach. Um ganz genau zu sein: Es war eigentlich unmöglich, ihn zu übersehen.

Der Drache jagte mit heftig schlagenden Flügeln im Zickzack über den Burghof, und er tat es keineswegs aus Langeweile oder Übermut, sondern weil er verfolgt wurde. Im ersten Moment konnte Themistokles gar nicht richtig erkennen, was es war, das den jungen Drachen derart in Panik versetzte, dann aber runzelte er ungläubig die Stirn: Es war nichts anderes als eine Regenwolke, klein, bauchig und pechschwarz. Nur dass sie sich ganz und gar nicht wie eine Regenwolke benahm.

Statt ruhig am Himmel zu stehen und ihre Last auf das Land abzuregnen, raste sie geschickt und blitzschnell hinter dem jungen Drachen her, schien jede seiner Bewegungen schon im Voraus zu erahnen und schwebte immer knappe zwei oder drei Meter über ihm, ganz egal, was für tollkühne Flugmanöver und Purzelbäume er auch vollführte, um ihr zu entkommen.

Und die ganze Zeit regnete sie ihren Inhalt auf Feuer hinab.

Der junge Drache schrie vor Wut und Unbehagen, schlug verzweifelt mit den Flügeln und versuchte der

Wolke mit immer tolldreisteren Bewegungen zu entkommen. Themistokles konnte ihn durchaus verstehen. Feuer war immerhin ein Drache und Drachen *hassten* Wasser.

»Also, ich gönne ihm das ja«, bemerkte Kjuub, der Themistokles nach draußen auf den Hof gefolgt war. »Aber solltet Ihr ihm nicht vielleicht doch helfen? Er wird Euch nicht mehr viel verraten können, wenn er ertrunken ist.«

Diese Gefahr bestand zwar kaum, aber Kjuub hatte natürlich trotzdem Recht: Themistokles musste sich nur auf dem Burghof umsehen, um zu begreifen, dass die Lage noch viel schlimmer war, als er ohnehin schon befürchtet hatte.

Drachenthal war ein einziges Chaos. Überall flackerten bunte Lichter, Türen und Fenster verschwanden oder tauchten aus dem Nichts auf, und ganze Teile des Schlosses schienen dabei zu sein, sich in … *etwas anderes* zu verwandeln, von dem Themistokles lieber gar nicht erst wissen wollte, was es war. Eine ganze Horde schauderhafter Dämonen war mitten auf dem Hof erschienen und machte Jagd auf die Schüler, die kreischend in alle Richtungen davonrannten, bevor sich die Dämonen so urplötzlich wieder in Luft auflösten, wie sie gekommen waren.

Am meisten Sorgen aber bereitete Themistokles der Anblick des Himmels. Über dem Schloss schien die Sonne, aber im Osten, über den Gipfeln des Schattengebirges, begann sich etwas zusammenzubrauen, das jeder andere vielleicht für eine mächtige schwarze Wolkenwand gehalten hätte. Themistokles wusste es besser.

Was aussah wie ein heraufziehendes Gewitter, das war in Wahrheit eine Zusammenballung unvorstellbarer magischer Energien. Doch es war nicht die Art von Magie, die Themistokles kannte und der er sich normalerweise bediente, sondern das genaue Gegenteil, ein gewaltiger Sturm aus schwarzmagischen Kräften, die alles verleugneten, woran Themistokles jemals geglaubt hatte. Und diese ungeheure, finstere Gewalt kam mit jedem Moment näher.

Feuer raste im Zickzack dicht über Themistokles und Kjuub hinweg, noch immer unbarmherzig verfolgt von der Regenwolke, aus der eisiges Wasser in Strömen auf ihn herabstürzte. In seiner Verzweiflung verdrehte Feuer im Flug den Hals und spuckte eine lange orangerote Flammenzunge nach der Wolke, obwohl das Feuerspucken auf dem Gelände der Universität strengstens verboten war, aber das Ergebnis war mäßig: Die Wolke verdampfte zwar auf der Stelle, erschien aber wie durch Zauberei sofort wieder, und Feuer setzte seine unfreiwillige Dusche fort.

Themistokles hob ganz automatisch die Hand und setzte dazu an, einen Zauberspruch zu murmeln, aber dann warf er einen hastigen Blick in die Runde und besann sich eines Besseren. Statt zu zaubern und damit möglicherweise alles nur noch schlimmer zu machen, winkte er einen anderen Drachen herbei, der zu Feuers Bande gehörte.

»Sturm!«, rief er. »Hilf ihm!«

Der junge Drache wirkte einen Moment lang ziemlich verdutzt, aber dann schwang er sich gehorsam in die Luft und schloss zu Feuer auf. Wie sein Name schon sagte, war Sturms Element die Luft, und Themistokles war kein bisschen überrascht, dass der Rabauke die Gelegenheit ausnutzte, es kräftig zu übertreiben. Sturm legte sich im Flug auf den Rücken, begann heftig mit den Flügeln zu schlagen und eine gewaltige Sturmböe fauchte wie aus dem Nichts heran und riss die Wolke blitzartig auseinander. Natürlich setzte sie sich sofort wieder zusammen, aber Sturm schlug nur noch kraftvoller mit den Schwingen und der magische Sturm wurde immer stärker und zerfetzte die Regenwolke schließlich ebenso schnell, wie sie sich bilden konnte. Nebenbei deckte er noch das halbe Dach des Schulgebäudes ab und fegte so ziemlich jedes Wesen auf dem Hof, das weniger als vier Beine hatte, von den Füßen, und auch Themistokles musste sich am Türrahmen festhalten, um nicht einfach davongeweht zu werden.

Feuer drehte noch eine Runde über dem Hof und ließ sich dann dicht neben Themistokles zu Boden sinken. Er wirkte vollkommen erschöpft. Wasser verdampfte zischend auf seinen roten Schuppen oder tropfte zu Boden. »Danke, Meister Themistokles«, keuchte er.

In der Luft über ihm begann sich schon wieder eine schwarze Regenwolke zu bilden, aber sofort war Sturm heran und schlug kräftig mit den Flügeln. Rings um Themistokles gingen wieder Fensterscheiben zu Bruch, und diesmal musste er sich mit *beiden* Händen am Türrahmen festklammern, um nicht von den Füßen gerissen zu werden. Kjuub stand wie ein Fels in der Brandung da und schien den Tornado gar nicht zu spüren, während von Scätterling keine Spur mehr zu sehen war. Themistokles hoffte, dass sie sich rechtzeitig in Sicherheit gebracht hatte und nicht bis zum Nordpol geblasen worden war.

»Meister Themistokles, ich weiß gar nicht …«, begann Feuer.

»Ich glaube, das weißt du sehr gut«, unterbrach ihn Themistokles streng.

Feuer blinzelte. »Meister Themistokles?«

»Leugnen ist vollkommen zwecklos!«, krähte Kjuub. »Wir wissen, was du getan hast.« Er wedelte triumphierend mit dem Buch, das er aus der Bibliothek mitgebracht hatte. »Da steht alles drin!«

»Ich weiß überhaupt nicht, wovon du redest«, behauptete Feuer. Er bleckte drohend die Zähne, von denen einige fast so lang waren wie Kjuub groß, aber der Zwerg zeigte sich wenig beeindruckt.

»Feuer, wir wissen, was du getan hast!«, sagte Themistokles jetzt fast beschwörend. »Aber ich glaube, *du* weißt es nicht!« Er deutete auf die gewaltige schwarze Gewitterfront, die sich lautlos, aber schnell von Osten her näher schob. Unheimliche, grüne Blitze zuckten immer wieder darin auf. »Weißt du, was das ist?«

Feuer schwieg verstockt.

»Der Splitter, den du mir vergangene Nacht gegeben

hast«, fuhr Themistokles unerbittlich fort, »der war nicht aus meiner Zauberkugel, habe ich Recht? Woher stammte er wirklich?«

Feuer schwieg noch ein paar Augenblicke, aber dann zog er hörbar die Nase hoch und flüsterte. »Von meinem Vater.«

»Was?!« Themistokles riss ungläubig die Augen auf.

»Er lag da so rum«, behauptete Feuer.

»Einfach so?«

»Na ja ... also eigentlich ... in einer Schatulle«, sagte Feuer ausweichend.

»In einer *abgeschlossenen* Schatulle, nehme ich an?«, bohrte Kjuub nach. Feuer nickte widerwillig und der Zwerg fuhr an Themistokles gewandt und mit besorgtem Gesichtsausdruck fort: »Das muss ein Stück des magischen Spiegels sein. In dem Buch heißt es, dass Ffaffarrill die schwarze Magie damals in die Welt hinter den Spiegeln verbannte, nachdem er und die anderen Magier sie besiegt hatten.«

»Ffaffarrill?«, wiederholte Feuer. »Mein ... mein Vater?«

Themistokles wusste zwar, dass das eigentlich unmöglich war, aber er glaubte für einen Moment zu sehen, wie Feuer blass wurde. »Kein Geringerer als dein Vater«, bestätigte er. »Hat er dir denn nie erzählt, warum er zum König der Feuerdrachen gewählt wurde?«

»Nein«, meinte Feuer kleinlaut.

»Er wurde zum König gewählt, weil er sich im Kampf gegen die Mächte des Bösen durch große Tapferkeit hervorgetan hat«, erklärte Themistokles. »Es war ein langer Kampf, der viele Opfer gefordert hat, aber am Ende wurden die Mächte des Bösen bezwungen und aus Märchenmond vertrieben. Seit das Tor zur Welt hinter den Spiegeln versiegelt wurde, waren sie dort eingeschlossen und Märchenmond war sicher.«

»Und du hast sie jetzt wieder freigelassen«, fügte Kjuub hinzu.

Feuer starrte ihn einen Moment lang trotzig an, dann einen etwas längeren Moment (und schon nicht mehr ganz so trotzig) Themistokles und schließlich die lautlos herankriechende Wand aus Schwärze. Und plötzlich begann er am ganzen Leib zu zittern.

»Aber ... aber das wollte ich nicht«, stammelte er. »Ich ... ich wusste doch nicht ... was ... was passieren würde.«

»Das glaube ich dir sogar«, sagte Themistokles. »Doch das macht es nicht besser.«

»Und was werdet Ihr jetzt tun?«, fragte Kjuub.

»Wenn ich das wüsste«, flüsterte Themistokles. Auch er sah die näher rückende Gewitterwolke an und ein Gefühl dumpfer Verzweiflung begann sich in ihm breit zu machen. Er wusste einfach nicht, wie er die Katastrophe von der Drachenthal-Universität abwenden sollte. Ein einziger Blick in die Runde zeigte ihm ja, was passieren würde, wenn er auch nur *versuchte* zu zaubern. Schon die bloße Nähe der schwarzen Wolkenwand bewirkte, dass sich alle Magie im weiten Umkreis ins Gegenteil verkehrte.

»Meister Themistokles, seht doch!«, rief Kjuub plötzlich.

Themistokles' Blick folgte seiner ausgestreckten Hand und nach einem Augenblick sah er es auch: Am unteren Ende der gewaltigen schwarzen Wolkenbank war ein winziger roter Punkt erschienen, dann tauchte ein zweiter Punkt auf, ein dritter und vierter, und schließlich waren es Dutzende.

Die erste Flamme züngelte nach den schwarzen Wolken, als die Drachen ihr magisches Feuer entfesselten, um ihren uralten Feind zu bekämpfen. Auf die große Entfernung war es Themistokles nicht möglich, zu erkennen, ob das Feuer irgendeine Wirkung zeigte, aber zu der ersten Flamme gesellten sich weitere, und plötzlich war es, als zehre eine zweite, nicht minder große Wolke aus reinigendem weißem Feuer an der Zusammenballung düsterer schwarzer Magie. Es dauerte eine Weile, aber schließlich spürte er, wie der unheimliche Einfluss der fremden Macht schwächer und schwächer wurde, und im gleichen Maße begann sich auch das magische Chaos, das von Drachenthal Besitz ergriffen hatte, wieder zu legen.

Einer der winzigen roten Punkte näherte sich der Burg und wurde zu einem Drachen, der mehr und mehr wuchs, bis er schließlich zu einem wahren Giganten geworden war, gegen den selbst Rangarig wie ein Zwerg gewirkt hätte. Ffaffarrills ausgebreitete Schwingen hatten eine Spannweite, die größer war als das gesamte Schloss, und der Sturmwind, den sie entfesselten, deckte auch noch den Rest des Daches ab und riss einen Teil der ohnehin beschädigten Turmspitze ein. Die wenigen Fensterscheiben, die bis jetzt in versteckten Winkeln noch ganz geblieben waren, zerbrachen klirrend, als der mächtige Feuerdrache seine Stimme erhob.

»Meister Themistokles!«, donnerte er. »Ich verlange eine Erklärung! Was habt Ihr getan?«

Themistokles hätte sich um ein Haar die Ohren zugehalten. Er konnte die Wut des Drachen spüren, die dieser kaum noch im Zaum zu halten vermochte. Ffaffarrill war nicht unbedingt für sein duldsames Wesen oder seine Sanftmütigkeit bekannt.

Während er sich den Kopf über eine Antwort zerbrach, die Ffaffarrills Zorn nicht noch weiter schüren würde, trat Kjuub vor und wandte sich mit leiser, aber fester Stimme an den riesigen Feuerdrachen. »Das fragt Ihr am besten Euren Sohn, Majestät.«

Ffaffarrill schlug so wütend mit den Flügeln, dass nicht nur Themistokles' Hut davonflog, sondern auch Kjuub einfach von den Füßen gefegt und davongewirbelt wurde wie trockenes Herbstlaub im Sturm. »Was soll das heißen?«, brüllte er. »Feuer!«

Feuer druckste einen Moment herum und schien nach einer Ritze im Boden zu suchen, in die er sich verkriechen konnte, und schließlich sprang ihm Themistokles bei. Ohne irgendetwas zu beschönigen oder wegzulassen, aber auch ohne die geringste Übertreibung, erzählte er dem Drachen, was sich zugetragen hatte. »Aber Ihr solltet nicht zu streng mit Eurem Sohn sein, Majestät«, schloss er. »Ich glaube nicht, dass er wusste, was er tat.«

»Ist das wahr, Feuer?«, schrie Ffaffarrill.

Sein Sohn schluckte nur ein paarmal und wagte es nicht, auch nur den geringsten Mucks von sich zu geben. Er sah aus wie das personifizierte schlechte Gewissen.

»Weißt du eigentlich, was du hättest anrichten können?«, donnerte Ffaffarrill. »Hätten wir nicht frühzeitig gemerkt, was geschieht, die Folgen wären unabsehbar gewesen! Nur wenige Stunden später und die schwarze Magie wäre wie ein Wirbelsturm über ganz Märchenmond hinweggefegt. Nicht einmal ich hätte sie noch aufhalten können!«

»Aber ich … ich wusste doch nicht …«, stammelte Feuer.

»Schweig!«, brüllte Ffaffarrill. Seine gewaltigen Schwingen peitschten, um ihn über dem Schloss in der Luft zu halten, und der Sturmwind, den sie dabei verursachten, ließ die uralten Mauern erzittern. »Darüber reden wir noch, mein Wort darauf!«

Etwas ruhiger, aber nach wie vor mit einer Stimme, die noch meilenweit entfernt zu hören sein musste, wandte er sich an Themistokles. »Ich muss mich für meinen Sohn entschuldigen, Meister Themistokles.«

»Seid nicht zu streng mit ihm, Ffaffarrill«, bat Themistokles wieder. »Er konnte die Folgen seines … *Streiches* nicht einschätzen.«

»Das werden wir sehen«, grollte Ffaffarrill. »Feuer, du wartest draußen vor dem Schloss auf mich! Ich habe mit dir zu reden!«

Feuer schluckte schwer und Themistokles sah ihm an, dass er sich plötzlich weit, weit weg wünschte, doch er entfaltete trotzdem gehorsam die Schwingen und flog davon. Ffaffarrill wartete, bis er über den Zinnen der Burgmauer verschwunden war, dann wandte er sich wieder an Themistokles.

»Es ehrt Euch, dass Ihr Euch für meinen Sohn einsetzt, Meister Themistokles, aber der Junge schlägt einfach zu oft über die Stränge. Er braucht eine Lektion.« Er räusperte sich, dass die Wände wackelten. »Ich muss Euch noch um etwas bitten, Meister Themistokles. Die Scherbe, die Euch mein Sohn gegeben hat – bitte gebt sie mir zurück, sie muss an einen sicheren Ort gebracht werden, damit sich so etwas wie heute nicht wiederholen kann!«

»Sicher«, sagte Themistokles. »Ich werde gleich ...« Er verstummte. Seine Augen wurden groß. »Oh nein«, flüsterte er.

»Meister Themistokles?«, fragte Ffaffarrill. »Was habt Ihr denn plötzlich?«

Aber Themistokles antwortete nicht. Er war bereits auf dem Absatz herumgefahren und raste die Treppe zu seiner Zauberstube hinauf, so schnell er nur konnte.

In letzter Sekunde

»Achtung! Unbefugte Eindringlinge!«, quäkte die Computerstimme. »Sie haben noch eine Minute Zeit, sich zu identifizieren oder das Gebäude zu verlassen!«

Der Alarm heulte. Die Lichter flackerten und überall im Haus schrillten die Telefone wieder, ohne dass jemand am anderen Ende der Leitung war, wenn man abhob. Das Wasser ging Rebekka und den anderen mittlerweile schon bis zu den Knöcheln, aber immer noch schüttete die Sprinkleranlage Unmengen von Wasser über ihnen aus. Und als wäre das nicht genug, nahm die Wassertemperatur auch noch ständig zu.

»Herr Ommermann, so tun Sie doch etwas!«, flehte Biene.

»Aber was denn?«, antwortete Ommermann. Vor lauter Verzweiflung schlug er mit der flachen Hand auf die Computertastatur vor sich. »Ich weiß einfach nicht weiter!«

»Wir ... wir werden alle sterben!«, stammelte Sam. »Oh Gott, wir werden ertrinken! Oder wir werden bei lebendigem Leibe gekocht!«

»Halt die Klappe!«, sagte Tanja verächtlich. »Du bist doch schuld an allem!«

»Aber das wollte ich nicht«, beteuerte Samantha. Ihre Augen füllten sich mit Tränen. »Bitte, das müsst ihr mir glauben! Es war nur dieser bescheuerte Drach…«, sie brach ab und biss sich auf die Unterlippe.

»Feuer«, ächzte Rebekka. Plötzlich war ihr alles klar: Sie hatte zwar keine Ahnung, wie das Ganze vor sich gegangen war, aber sie war davon überzeugt, dass Sam und Feuer als alte Verbündete gemeinsam den Plan ausgeheckt hatten, beide Schulen – das Internat Schloss Drachenthal in ihrer Welt und die Drachenthal-Universität von Märchenmond – ein bisschen durcheinander zu bringen. »Steckt wirklich Feuer dahinter?«

»Was für ein Feuer?«, fragte Ommermann irritiert.

»Feuer hat … die Diskette … ich dachte«, stammelte Sam. »Es sollte doch nur ein harmloser Scherz sein.«

»Also doch!«, sagte Rebekka.

»Ist das wahr?«, fragte Biene fassungslos. »Samantha, was hast du nur getan?«

»Aber das wollte ich wirklich nicht!«, beteuerte Samantha verzweifelt. »Bitte, glaubt mir! Ich hatte keine Ahnung, was passieren würde!«

Tanja holte tief Luft zu einer geharnischten Antwort – und in diesem Moment klopfte es!

Das Geräusch war nicht einmal besonders laut, trotz des höllischen Lärms ringsum aber deutlich zu vernehmen, und in der nächsten Sekunde glaubte Rebekka zu hören, wie jemand ihren Namen rief.

»Was ist denn jetzt …«, murmelte Ommermann. Verwirrt drehte er den Kopf – und riss ungläubig die Augen auf, als er die Quelle der sonderbaren Geräusche entdeckte.

Es war Tanjas Laptop. Ommermann hatte das Gerät mitgenommen, um es in Sicherheit zu bringen, als sich Bienes Büro in ein Überflutungsgebiet verwandelt hatte. Es stand – ausgeschaltet, aber keineswegs still! – auf der Theke. Das Klopfen und die sonderbar dumpf widerhallende Stimme, die nun ganz deutlich Rebekkas Namen rief, kamen ohne jeden Zweifel von dort, und wenn man genau hinsah, konnte man sogar erkennen, dass sich der Deckel leicht bewegte – so als ob jemand von innen dagegen drückte.

Rebekka war mit einem einzigen Schritt bei dem Computer und klappte den Deckel auf.

Der Monitor war eingeschaltet und ein sehr besorgt dreinblickender Themistokles sah Rebekka an. Ommermann ächzte, aber Rebekka beachtete ihn gar nicht. »Themistokles?«

»Ist alles in Ordnung bei euch?«, fragte Themistokles. Er sah nicht nur besorgt aus, sondern auch ziemlich mitgenommen, fand Rebekka. Sein Hut war verschwunden und sein Haar stand wirr vom Kopf ab, als käme er geradewegs aus einem Sturm.

Rebekka wollte antworten, doch in diesem Moment plärrte die Computerstimme über ihr wieder los: »Achtung, unbefugte Eindringlinge! Ihre Frist ist abgelaufen! Die Behörden wurden informiert. Sie haben zwei Minuten Zeit, sich einen sicheren Aufenthaltsort zu suchen, bevor die Präventivmaßnahmen eingeleitet werden!«

»Wer ist das?«, keuchte Ommermann. Biene ächzte und Themistokles' Abbild auf dem Monitor wurde noch besorgter. »Das klingt nicht gut«, meinte er. »Was geht bei euch vor?«

»Sämtliche Computer drehen durch«, erklärte Rebekka. »Bitte, Themistokles, du musst uns helfen! Wir sind in Gefahr!«

»Computer?«, fragte Themistokles. »Was soll denn das sein?«

»Unsere ... Magie«, antwortete Rebekka fast verzweifelt. »Sie funktioniert nicht mehr richtig.«

»Oh«, machte Themistokles. Er sah sehr betrübt aus. »Ja, so etwas habe ich befürchtet.«

»Wer *ist* das?«, verlangte Ommermann noch einmal zu wissen. Er trat neben Rebekka und sah Themistokles' Abbild durchdringend an. »Wer sind Sie? Können Sie uns helfen?«

»Wer seid *Ihr?*«, gab Themistokles zurück.

»Das ist äh ... so etwas wie unser Zauberer«, sagte Rebekka hastig. Ihre Gedanken überschlugen sich. Wie viel Zeit blieb ihnen noch? Eine Minute? Allerhöchstens. Wahrscheinlich weniger. »Du musst ihm helfen, Themistokles! Wir haben noch eine Minute, dann sterben wir vielleicht!«

»Oh«, machte Themistokles wieder. Sein Blick tastete über Ommermanns Gesicht. Er traute ihm nicht, das konnte Rebekka überdeutlich erkennen, aber das besagte nicht viel. Themistokles traute niemandem, der jünger als hundert Jahre war.

»Also gut«, sagte er schließlich. »Was kann ich für Euch tun?«

»Ich brauche den Quellcode für den Virus«, antwortete Ommermann.

»Hä?«, machte Themistokles.

Noch fünfundvierzig Sekunden, schätzte Rebekka. Höchstens. »Unsere Magie macht das Gegenteil von dem, was sie soll«, drängte sie. »Wir sind in höchster Gefahr, Themistokles. Und wir haben nur noch eine Minute!«

Einen kleinen Teil der Frist, die ihnen noch verblieb, ließ Themistokles verstreichen, indem er sie einfach nur niedergeschlagen ansah, dann nickte er traurig. »Dann bleibt mir nur noch eine Wahl«, seufzte er. »Tretet zurück.«

Rebekka gehorchte ganz automatisch, während Ommermann stehen blieb und das Abbild des weißhaarigen Magiers auf dem Monitor anstarrte. Themistokles schnippte mit den Fingern.

Der Bildschirm zerbarst. Funken sprühten. Etliche Dutzend kleinere und eine einzelne große Glasscherbe flogen davon und landeten klatschend im Wasser, das den Fußboden mittlerweile fast wadenhoch bedeckte. Tanja stieß ein schon fast komisches Quietschen aus und fiel in Ohnmacht, und Rebekka bückte sich hastig und planschte einen Moment lang in dem heißen Wasser herum, bis sie die größte der Glasscherben gefunden hatte. Aufgeregt reichte sie sie an Ommermann weiter.

Der Computertechniker riss sie ihr regelrecht aus der Hand, warf einen Blick darauf und vergeudete unendlich kostbare Sekunden damit, einfach nur ratlos dreinzusehen. Auch Rebekka betrachtete die Glasscherbe rasch. Sie erkannte nur ein wirres Durcheinander aus Zahlen, Buchstaben und mathematischen Symbolen, das ebenso gut auch Chinesisch hätte sein können, oder Malaiisch. Oder gar nichts.

»Aber natürlich!«, schrie Ommermann plötzlich. »Wieso bin ich nicht gleich darauf gekommen? Das ist so einfach, dass es schon wieder genial ist!« Und plötzlich fuhr er herum, war mit einem einzigen Satz bei Antons Computer und begann so schnell auf die Tastatur einzuhämmern, dass seine Finger vor Rebekkas Augen zu verschwimmen schienen.

»Liebe unbefugte Eindringlinge«, säuselte die Computerstimme. »Ihre Frist ist abgelaufen. Das automatische Defensivsystem dieser Schule wünscht Ihnen angenehme Träume!«

Ommermanns Finger flogen noch hektischer über die Tasten. In das Zischen der Sprinkleranlage mischte sich ein anderer zischender Laut, der aber auf schwer zu beschreibende Art *bedrohlicher* wirkte, und Samantha begann vor Angst zu weinen.

Rebekka fühlte sich schläfrig. Wahrscheinlich war es nur Einbildung; so schnell *konnte* das Gas gar nicht wirken. Dennoch machte sich allmählich Panik in ihr breit. Roch die Luft nicht bereits ein wenig süßlich?

Samantha schrie auf, rannte mit gewaltigen Sätzen durch das hoch aufspritzende Wasser zur Tür und begann wie besessen an der Klinke zu rütteln. Biene hatte sich nach Tanja gebückt und schüttelte sie heftig, um sie wach zu bekommen, und Anton stand wie zur sprichwörtlichen Salzsäule erstarrt da. Ommermann hämmerte noch immer auf die Tastatur ein, als hätte er sich vorgenommen, sie zu zertrümmern.

Und Rebekka begann nun *wirklich* müde zu werden …

Alles wurde leicht. Die Halle drehte sich um sie und alle Geräusche kamen ihr mit einem Male sonderbar verzerrt und hallend vor.

»Geschafft!«, rief Ommermann plötzlich. »Ich habe es …«

Dann schlief er mitten im Wort ein und kippte nach vorne. Seine Stirn prallte auf die Tastatur des Computers und auch Rebekka spürte, wie sie weiche Knie bekam und langsam zur Seite kippte.

Aber ganz kurz bevor ihr endgültig schwarz vor Augen wurde, hörte auch die Alarmsirene auf zu heulen, der sintflutartige Regen aus der Sprinkleranlage versiegte. Die Jalousien bewegten sich summend nach oben und die Tür sprang auf und helles Sonnenlicht strömte herein.

Spät am Abend, als die Sonne unterging, waren sie immer noch damit beschäftigt, das Wasser aus der Halle zu schaufeln. Biene hatte Lappen, Besen, Schrubber, Handfeger, ja sogar Schneeschaufeln verteilen lassen und den Schülern einen freien Tag in Aussicht gestellt, wenn es ihnen gelang, die Spuren der Katastrophe bis zum nächsten Morgen vollkommen zu beseitigen, und die schlimmste aller vorstellbaren Strafen, sollten sie auch nur ein Sterbenswörtchen über das verlauten lassen, was hier um ein Haar passiert wäre.

Rebekka hatte sich – zum zweiten Mal an diesem Tag – umgezogen und mühsam die Haare trocken geföhnt und war dann wieder in die Halle hinuntergegangen. Biene hatte sie selbst, Tanja und Sam von den Aufräumarbeiten freigestellt, aber sie war nicht überrascht, auch die beiden anderen Mädchen in der Halle vorzufinden. Samantha sah immer noch wie das personifizierte schlechte Gewissen aus, aber auf ihrem Gesicht begann sich auch schon wieder der gewohnte, überhebliche Ausdruck breit zu machen. Ihre Augen blitzten kampflustig, als sie Rebekka bemerkte, die sich alle Mühe gab, so zu tun, als schlendere sie ziellos durch die große Halle, und sich dabei möglichst unauffällig der Theke zu nähern. Herr Ommermann saß immer noch da, war immer noch klitschnass und hämmerte immer noch auf den Computer ein, der wie durch ein Wunder trotz des gleich doppelten Wassergusses, den er abbekommen hatte, beharrlich weiterfunktionierte.

Auch Tanja war da, doch sie stand einfach nur reglos auf der Stelle, reagierte kaum, wenn man sie ansprach, und starrte unverwandt den erbarmungswürdigen Trümmerhaufen an, in den sich ihr geliebter Laptop verwandelt hatte.

Rebekka räusperte sich unbehaglich. »Kann man … das noch einmal reparieren?«, fragte sie zögernd.

Samantha grinste nur schadenfroh, aber Ommermann sah von seiner Arbeit auf, blickte erst sie, dann das Computerwrack und schließlich Tanja an, bevor er traurig den Kopf schüttelte. »Ich fürchte, nein«, antwortete er. »Obwohl ich mir bei diesem Ding eigentlich gar kein Urteil erlauben sollte.«

»Wieso?«, erkundigte sich Sam lauernd.

Ommermann hob fast unglücklich die Schultern. »Na ja – eigentlich hätte er gar nicht funktionieren dürfen. Der Stecker war nicht drin. Und die Batterie habe ich eigenhändig herausgenommen, als wir vorhin oben im Büro eurer Direktorin waren. Es ist mir ein Rätsel, wie er überhaupt angehen konnte.« Dem Blick nach zu urteilen, mit dem er abwechselnd Tanja und den zerbrochenen Laptop maß, war ihm noch eine ganze Menge mehr rätselhaft, aber das behielt er offensichtlich lieber für sich.

»Na ja«, sagte Sam böse. »Damit ist es ja jetzt vorbei.«

»Ermordet«, flüsterte Tanja. »Er hat ihn ermordet.« Es waren die ersten Worte, die sie überhaupt sprach, seit sie heruntergekommen war. »Warum hat er das getan?«

»Wer?«, fragte Ommermann misstrauisch.

»Das war bestimmt nur der Virus«, erklärte Rebekka hastig. »Sie haben doch selbst gesagt, dass das der tückischste Computervirus war, den sie jemals gesehen haben.«

Ommermann sagte zwar nichts dazu, aber sein Blick wurde eher noch misstrauischer, doch Samantha konnte sich eine gehässige Bemerkung natürlich nicht verkneifen. »Na, das wird Meister Themistokles aber freuen, wenn er erfährt, dass du ihn als Virus bezeichnest«, höhnte sie. »Warum nicht gleich als Bazille?«

»Meister Themistokles?«, fragte Ommermann. Auch Biene, die neben ihm stand, wurde hellhörig, aber sie schwieg.

»Das ist äh … eine Figur aus einem Computerspiel, das Tanja gerne spielt«, sagte Rebekka rasch.

»Computerspiel, so«, machte Ommermann. Er glaubte ihr offensichtlich kein Wort.

»Er hat ihn umgebracht«, verkündete Tanja noch einmal. Sie blinzelte die Tränen weg, die ihr in die Augen schießen wollten, zog hörbar die Nase hoch und wandte sich dann ab, um mit hängenden Schultern davonzuschlurfen.

Biene setzte dazu an, etwas zu sagen, doch in diesem Moment klingelte das Telefon auf Antons Pult. Biene sah den Apparat einen Moment lang an, als befürchte sie ernsthaft, er könne nach ihren Fingern schnappen, wenn sie ihn berührte. Aber dann hob sie doch ab und meldete sich. Einen Moment lang hörte sie schweigend zu, dann sagte sie: »Selbstverständlich. In zwei Minuten draußen auf dem Hof«, und hängte ein. Sie drehte sich um und sah Samantha an.

»Was?«, machte Samantha patzig.

Biene deutete auf das Telefon, dann auf die weit offen stehende Eingangstür. »Das war gerade dein Vater am Telefon, Samantha. Ich weiß zwar nicht genau wie, aber er muss wohl erfahren haben, was hier passiert ist – und auch wieso.«

Sam wurde ein bisschen blass.

»Er ist auf dem Weg hierher«, fuhr Biene fort. Sie gab sich nicht besonders viel Mühe, zu verhehlen, wie sehr sie diese Worte genoss. »Vielleicht solltest du schon mal nach draußen gehen. Ich glaube, er will mit dir reden.«

Samantha starrte sie – nunmehr kreidebleich – an, schien etwas sagen zu wollen und beließ es dann bei einem tiefen Seufzen. Wortlos drehte sie sich um und schlich niedergeschlagen zur Tür. Biene folgte ihr.

Rebekka wartete, bis die beiden außer Hörweite waren, bevor sie sich noch einmal an Ommermann wandte. »Die Scherbe.« Sie deutete auf das Bruchstück des Monitors, auf dem vorhin die magischen Zeichen erschienen waren. »Kann ich sie haben?«

Ommermann griff nach dem unregelmäßigen Bruchstück, gab es ihr aber noch nicht, sondern betrachtete es nachdenklich. Wenn man genau hinsah, dachte Rebekka, dann hätte man fast meinen können, unter der Oberfläche eine verschwommene Märchenlandschaft zu erkennen oder die schemenhafte Gestalt eines alten Mannes mit einem langen weißen Bart oder Buchstabensalat oder auch etwas ganz anderes. Wie bei einem Spiegel, der so lange dasselbe gespiegelt hatte, dass sich dessen Abbild in das Glas eingebrannt hatte.

»Wozu?«, fragte Ommermann. »Es ist doch nur eine Glasscherbe.«

»Ich weiß«, antwortete Rebekka. »Aber ich könnte mir vorstellen, dass Tanja sie haben möchte. Als Andenken an ihren Computer sozusagen.«

Ommermann zögerte noch einen endlosen Moment und die Blicke, mit denen er dabei abwechselnd sie und die schwarze Glasscherbe musterte, gefielen Rebekka gar nicht. Aber schließlich hob er nur wortlos die Schultern und reichte ihr die Scherbe.

Das nächste Bruchstück des magischen Spiegels, der den Schlüssel zu Peer Andermatts Gefängnis darstellte, wie einen Schatz an sich gepresst, drehte sich Rebekka um und eilte die Treppe hinauf. Aber auf halbem Wege blieb sie noch einmal stehen und betrachtete die schwarze Scherbe.

Und für einen ganz kurzen Moment war es ihr, als blicke ihr das Gesicht eines alten weißhaarigen Mannes entgegen, der sie aus gütigen Augen anlächelte.

Inhaltsverzeichnis

WOLFGANG UND HEIKE

HOHLBEIN

DRACHENTHAL

DIE ENTDECKUNG

Eltern sind schrecklich! Das findet auch Rebekka, als sie erfährt, dass sie ins Internat muss. Doch kaum ist sie in Schloss Drachenthal angekommen, traut sie ihren Augen nicht: Elfen flitzen zwischen den Blumen herum, ein Einhorn galoppiert durch den Schulwald und dann ist da noch der geheimnisvolle Junge Peer, den außer ihr niemand sehen kann. Hat das alles vielleicht mit dem Internat Märchenmond zu tun, von dem Rebekka träumt, und dem alten Magier Themistokles? Als Rebekka versucht das Geheimnis um Schloss Drachenthal zu lösen, beginnt ein fantastisches Abenteuer ...

160 Seiten

WOLFGANG UND HEIKE

HOHLBEIN

DRACHENTHAL

DAS LABYRINTH

Märchenmond gibt es wirklich! Davon ist Rebekka felsenfest überzeugt. Schließlich kennt sie Peer, der vor langer Zeit aus dieser Welt der Zauberer, Drachen und sprechenden Tiere verbannt wurde. Die Suche nach ihrem unglücklichen Freund führt Rebekka in die düsteren Kellergewölbe von Schloss Drachenthal. Als sie dort in die Falle ihrer Todfeindin Samantha tappt, scheint nur noch die graue Königin der Ratten helfen zu können. Doch die misstraut allen Menschen – und plötzlich befindet sich Rebekka wieder auf einer fantastischen Reise zwischen den Welten …

144 Seiten

UEBERREUTER

Coole Kicker
Schnelle Tore

Winkler & Winkler

1:0 für Coole Kicker

Guido hat eine tolle Idee: Ein eigener Fußballplatz muss her! Die Coolen Kicker sind mit Feuer und Flamme bei der Sache. Tatsächlich finden sie eine geeignete Wiese. Doch schon bald machen ihnen Neidhammel das Leben schwer.

Harte Zeiten für Coole Kicker

Gute Freunde und eine eigene Fußballwiese! Da macht das Training doppelt so viel Spaß. Doch Eberhard und Thomy ersinnen ständig neue Pläne, um die Coolen Kicker zu Fall zu bringen.

Gefahr für Coole Kicker

Fußballstar Müller kommt nach Wilnshagen! Die tolle Neuigkeit entpuppt sich als wahrer Albtraum, denn Müllers Sohn Daniel mischt die Coolen Kicker gründlich auf.

Große Chance für Coole Kicker

Probespiel vor Profikickern! Die Coolen Kicker trainieren wie wild, um möglichst gut abzuschneiden. Dabei haben sie aber die Rechnung ohne ihre Gegner gemacht.

UEBERREUTER